LA RÉDEMPTION DE CAMERON

OURS DE RED LODGE - 4

KAYLA GABRIEL

BULLETIN FRANÇAISE

REJOIGNEZ MA LISTE DE CONTACTS POUR ÊTRE DANS LES PREMIERS A CONNAÎTRE LES NOUVELLES SORTIES, OBTENIR DES TARIFS PREFERENTIELS ET DES EXTRAITS

https://kaylagabriel.com/bulletin-francais/

1

De toute sa vie, Alex Hansard ne s'était jamais aussi peu sentie à sa place qu'assise là, dans le bureau rigide et formel de Maître Magnus Turner, avocat à la cour et membre du Conseil des Berserkers Alpha. Celui-là même qui était justement en train de l'observer d'un œil nettement désapprobateur tout en feuilletant la liasse de documents soigneusement agrafés qu'elle lui avait donnée, présentant la position qu'elle représentait et la pétition qu'elle espérait le voir signer.

Alex avait besoin que Me Turner soit le premier Berserker Alpha à s'intéresser à sa cause pour l'aider à passer au niveau suivant de sa campagne pour l'égalité des droits : présenter la pétition au Conseil des Alpha, qui gouvernait tous les Berserkers des États-Unis.

Bien qu'elle se soit habillée pour l'occasion, revêtant son corps aux courbes généreuses d'une jupe crayon noire taillée sur mesure et d'un chemisier féminin de couleur crème assorti de talons aiguilles noirs, Alex avait néanmoins l'impression de ne pas être suffisamment habillée en regardant les costumes élégants des autres personnes présentes.

Sa main vint toucher l'arrière de sa chevelure soigneusement relevée pour s'assurer qu'aucune mèche d'un roux flamboyant ne dépasse. Elle fronça les sourcils en s'apercevant qu'elle montrait sa nervosité, et remit sa main sur ses genoux. Les lèvres pincées, elle rendit son regard à l'homme derrière le grand bureau de chêne.

« Le premier problème de votre dossier, Mademoiselle Hansard, est tout simplement le fait que les Berserkers ne sont pas régis par les mêmes lois que les humains. Vous vous servez de la logique et des lois humaines dans vos arguments, et cela ne suffira pas à convaincre le conseil des Alpha, » dit Me Turner d'une voix sifflante en regardant longuement Alex par-dessus les épaisses montures noires de ses lunettes. Sa chevelure argentée avait beau tirer sur le blanc, et sa carrure imposante d'homme-ours avait beau commencer à décliner, ses yeux d'un gris perçant pétillaient néanmoins d'intelligence.

Alex remua dans le fauteuil de cuir raide, laissant son regard se promener sur les boiseries sombres du bureau de Me Turner. En tant que membre dirigeant du Conseil des Alpha ayant exercé toute sa vie le métier d'avocat, Turner était l'expert le plus éminent en matière de loi Berserker. Il était également l'ami de Gregor England, le Berserker qui avait amenée Alex en ces lieux ce jour-là pour présenter son dossier.

Gregor était assis à côté d'elle en ce moment même, vêtu d'un costume sombre impeccable, l'allure fringante, portant son âge bien mieux que Turner. Gregor n'avait que la quarantaine tandis que Turner avait dans les soixante ans, et il était encore mince et paraissait jeune. Les cheveux noirs, le teint hâlé, le sourire facile. Seuls ses yeux d'un bleu cobalt bien spécifique trahissaient le secret qu'Alex et lui partageaient.

Alex détourna son regard de l'Alpha qui avait causé un tel tumulte dans sa vie ces derniers mois, et reporta son attention sur la question présente.

« Et le second problème ? » demanda Alex en levant les yeux pour croiser le regard de Me Turner.

« Le second problème, c'est le sujet. Les Berserkers sont dirigés par des Alpha, et les Alpha sont par définition des mâles. Il n'y a pas beaucoup d'Alpha qui seraient intéressés par le fait d'adopter de nouvelles lois en faveur des droits des femmes et des sang-mêlés. »

Alex sentit son visage s'empourprer tandis qu'une nouvelle vague de colère montait à la surface. En tant que membre de ces deux catégories, pour moitié femme-ourse, les paroles de Turner l'indignaient, même si elle en reconnaissait la véracité.

« Il y a plus de femmes que d'hommes dans le monde, Maître Turner, » dit Alex d'une voix égale. « Même au sein de la communauté des hommes-ours, les femmes sont légèrement plus nombreuses que les hommes. Quant aux sang-mêlés, nous sommes bien plus nombreux que vous ne le pensez. »

Alex s'éclaircit la gorge et rajusta sa posture sur son siège, l'orgueil redressant son échine.

Bien qu'elle n'ait découvert ses origines métamorphes que quelques années auparavant, et son lien de parenté avec Gregor England que quelques mois plus tôt, elle prenait très à cœur les causes des Berserkers. Le Code des Alpha était obsolète et appartenait au passé, il était incompatible avec la doctrine humaine d'Amérique du Nord.

Turner posa sur elle un nouveau regard insondable et scrutateur. Sous le poids de sa lente réflexion, Alex serra les dents, avec l'impression d'être un pur-sang de concours que l'on examinait avant de pouvoir conclure une vente. Ce regard était exactement ce qu'Alex détestait dans les lois des hommes-ours ; elle n'était pas un objet, une chose qui appartenait à un mari, un père ou un Alpha. Elle avait une vie, un travail et une raison d'être. Elle valait plus que la somme des parties ou la forme de son corps, plus que sa simple capacité à produire une descendance de sang Berserker.

« Puis-je vous poser une question personnelle, Mademoiselle Hansard ? » dit Maître Turner d'une voix tranquille.

Alex joignit ses mains sur ses genoux pour s'empêcher de les agiter d'un air exaspéré.

« Bien sûr, allez-y ? » soupira-t-elle en pinçant les lèvres.

« Pouvez-vous vous transformer ? » demanda-t-il.

Les lèvres d'Alex s'entrouvrirent sous l'effet de la surprise. Ce n'était pas la question à laquelle elle s'était attendue à cet instant.

« Oui, » dit-elle avec un soupir. « Bien que je ne voie pas trop en quoi c'est important.

— Vous êtes-vous métamorphosée très jeune, comme le font la plupart des membres de notre espèce ? »

Tout en haussant un sourcil, Alex s'efforça de maîtriser sa colère.

« Pas avant mes quatorze ans, en réalité, répondit-elle.

— Pensez-vous que vos enfants seront capables de se métamorphoser ? Pensez-vous qu'ils seront de sang pur ? Et si vous deviez prendre un autre sang-mêlé pour partenaire ? Qu'arriverait-il alors ? » demanda Maître Turner, posant ses questions d'un ton vif et tranchant.

Alex se leva d'un bond en soufflant bruyamment, remarquant à peine que Gregor ne l'imitait pas.

« Je crois que nous en avons terminé ici. Inutile de vous montrer grossier simplement parce que vous n'êtes pas d'accord avec mes idées, » dit-elle en le foudroyant de son regard le plus impérieux.

« Veuillez me pardonner, Mademoiselle Hansard, » dit Turner en levant les mains. « Je vous pose seulement les questions que tout Alpha du Conseil voudra vous poser. Si j'aborde la question, c'est parce que votre lignage personnel est le troisième problème de votre dossier.

— Mes gènes ne regardent personne d'autre que moi, fit sèchement Alex.

— Si vous voulez bien vous asseoir, » dit Turner en désignant le siège qu'elle avait quitté.

Alex se tourna vers Gregor, qui lui adressa un haussement d'épaules sans expression. Elle fronça les sourcils en se rasseyant, un sentiment d'impatience montant dans sa poitrine.

« Les Alpha ne se soucient que de pouvoir et d'héritage, Alexandra. En augmentant les droits des femmes et des sang-mêlés, ce sont le pouvoir et l'héritage des Alpha que vous mettez en danger. De plus, vous-même n'avez aucun lignage. Pour être tout à fait direct, une enfant illégitime de sang mêlé et de sexe féminin... Il y a trop de facteurs qui jouent contre vous.

— Et que suggérez-vous ? Que je m'habille comme un homme ? Que je mente sur le fait que ma mère est humaine ? Je n'y peux pas grand-chose, dans un cas comme dans l'autre, et je ne voudrais rien y changer non plus.

— Ce que je suggère, c'est que vous envisagiez de devenir légitime, » dit Turner en croisant les bras et en se laissant aller contre le dossier de son fauteuil.

Alex sentit la sueur perler sur son front, et elle dut user de toute sa volonté pour ne pas se tourner vers Gregor d'un air soupçonneux. Gregor avait-il révélé la nature de leur relation à Turner sans la permission d'Alex

? Elle n'avait pas caché le fait qu'elle souhaitait ne pas être revendiquée.

« Je ne suis pas sûre de vous comprendre, » dit Alex, en veillant à mesurer ses propos.

« Prenez un partenaire, Mademoiselle Hansard. Et pas n'importe quel partenaire, un héritier. Quelqu'un qui sera bientôt un Alpha. Un partenaire qui aura le pouvoir d'appuyer vos revendications, de vous fournir un point de levier lorsqu'il siégera au Conseil des Alpha.

— C'est ridicule, soupira Alex. Je ne me marierai pas simplement parce que vous pensez que ça m'aidera à persuader une bande de vieillards. »

L'expression de Turner se durcit, et il se mit debout. Sans lui laisser le temps de parler, Gregor se leva et intervint.

« Merci, Magnus, » dit Gregor en offrant à Turner une poignée de mains. Un moyen habile de rappeler à Alex qu'elle n'était là que grâce à la bonté de Gregor, et qu'elle avait promis d'être la politesse incarnée le temps de cet entretien.

« Oui, merci, Maître Turner. Veuillez excuser ma grossièreté. C'est seulement que... ma cause me tient vraiment à cœur, » dit Alex en s'empressant de lui servir ces excuses forcées avant que l'amertume ne s'y glisse.

Turner se radoucit légèrement, acceptant leurs poignées de mains.

« Je crains que ce ne soit le meilleur conseil que je puisse vous donner, dit-il. Personnellement, je pense que vous avez raison de vouloir moderniser certaines lois des Berserkers. »

Il tapota un énorme livre sur son bureau, un volume relié en cuir ancien, son exemplaire personnel du Code des Alpha.

« Bien. Eh bien, je prendrai vos conseils en considération, » dit Alex en plaquant un sourire prudent sur son visage.

On frappa à la porte, et une petite secrétaire blonde passa la tête à l'intérieur.

« Votre rendez-vous de quatorze heures est arrivé, M. Turner, dit-elle.

— Ah. Un litige de territoire, » dit Turner à Alex et Gregor. « Je vous prie de m'excuser.

— Merci de nous avoir accordé votre temps, » dit Gregor. Alex lui fit écho, déjà lassée de cet échange. Après une autre tournée de poignées de mains, ils furent libres, et sortirent du hall d'entrée étincelant situé au rez-de-chaussée de l'immeuble abritant les bureaux de Turner.

« Son fichu bureau est sur Printer's Row, grommela Alex. C'est ça, la vieille bourgeoisie de Chicago. De toute évidence, Turner a plus de fric que de bon sens.

— Alex, tous les Alpha de Chicago sont comme ça. En fait, Turner est le plus progressiste de la bande, c'est pour ça que je t'ai emmenée le voir. Ce sont tous de vieux bourgeois conservateurs. Tu comprendrais ce que je veux dire si tu acceptais un jour de rencontrer notre père, » soupira Gregor.

Alex se crispa. Elle fit volte-face pour foudroyer son frère du regard, sa colère montant des sombres profondeurs de son cœur où elle avait depuis longtemps emprisonné ses sentiments au sujet de ses mystérieux parents biologiques.

« Je ne veux pas redevenir une gamine sans attaches, Gregor. Notre père était au courant de mon existence. Ma mère biologique lui a tout dit, même qu'elle n'était pas prête à avoir un enfant et qu'elle avait l'intention de me faire adopter. Il m'a laissée pourrir dans des foyers d'accueil pendant les sept premières années de ma vie. Sans mes parents adoptifs, qui sait où je serais à présent ?

— Alex... je suis désolé que ça te soit arrivé. Si ça peut

aider, je sais qu'il a gardé un œil sur toi, qu'il a veillé à ce que tu aies tout ce qu'il te fallait. »

Gregor ne parvint pas à la regarder dans les yeux en prononçant ces paroles. Un rire mauvais s'échappa des lèvres d'Alex, et elle secoua la tête.

« Je ne crois pas que quiconque veillait sur moi quand je vivais chez Mlle Legens. Elle me tabassait avec une cuillère en bois si ma grammaire n'était pas correcte. Et les Sharpe... » Alex frissonna... « Heureusement que j'ai été adoptée par mes parents à ce moment-là, parce que les Sharpe étaient vraiment de mauvaises personnes. Bon sang, mais pourquoi est-ce qu'on parle de ça ? »

Alex déglutit, et réprima sa colère jusqu'à ce qu'elle puisse à nouveau respirer.

« Je ne sais vraiment pas quoi dire, Alex. J'aurais voulu être au courant. Et notre père... Il n'en parle pas beaucoup, mais je sais qu'il se sent coupable. »

Alex regarda Gregor, le regarda vraiment. Elle tenait son apparence physique de sa mère biologique, semblait-il, car Alex et Gregor ne se ressemblaient en rien. Elle était pâle, rousse et plantureuse. Il avait le teint hâlé, les cheveux foncés, et le physique athlétique de tout Berserker mâle. Leur seul point commun était la couleur de leurs yeux, un bleu marine étincelant qui évoquait les courants parcourant les profondeurs les plus obscures de l'océan.

« Ne parlons pas de ça, dit Alex.

— J'aimerais pouvoir tout simplement te reconnaître comme appartement à ma lignée, soupira Gregor. On a presque le bon âge... On pourrait se passer complètement de l'approbation de Père. »

Alex renifla dédaigneusement.

« Seulement si tu avais engrossé une fille à treize ou quatorze ans, » dit-elle en levant les yeux au ciel. « Et puis, bon. On passe à peine pour des demi-frère et sœur, père et fille, personne n'y croirait. »

Gregor hocha la tête et haussa les épaules.

« C'est une belle idée. Non, j'imagine que ça ne marcherait pas. Ça ne te laisse plus que deux options. Aller voir Père et lui demander sa bénédiction, ou...

— Ou me marier avec un Alpha, » acheva Alex pour lui.

« T'accoupler, pas te marier. Tu vas finir par vexer quelqu'un avec ça. Ce sont deux concepts radicalement différents. »

Alex balaya ses paroles d'un geste de la main, et s'efforça de se concentrer.

« Ça ferait quoi, si j'obtenais sa bénédiction ?

« Tu ferais partie du clan, on te donnerait l'accès à notre domaine dans le nord de l'état. Tu pourrais te promener sans crainte sous ta forme d'ourse. Tu ferais instantanément partie de la communauté. Vu qui est ton père, tu serais submergée de propositions d'amitié. Et pas seulement d'amitié, je parie. »

Quelque chose dans l'expression de Gregor suggérait que lui-même avait reçu de nombreuses propositions. Et les avait également déclinées, si Alex lisait correctement la désapprobation dans ses yeux.

« Mais d'un autre côté... » l'encouragea-t-elle.

Gregor poussa un soupir.

« Tu serais soumise à nos lois. Tu aurais aussi le devoir de trouver un partenaire et de produire des héritiers. Et vite.

— Donc en gros, si je veux obtenir l'attention du Conseil des Alpha, il faut que je fasse tous ces trucs contre lesquels j'essaie de me battre, » résuma-t-elle.

Gregor haussa les épaules.

« Si tu choisis de voir ça comme ça, » se contenta-t-il de répondre.

« Est-ce qu'ils t'obligent à prendre une partenaire ? » demanda Alex, curieuse.

« Tu parles, ouais, » dit-il, et son expression se crispa. Alex hésita, ne sachant pas trop comment formuler sa prochaine question.

« Gregor, je ne voudrais pas être indiscrète, mais tu ne serais pas...

— Gay ? tenta-t-il. Ouaip. Et devine quoi, les lois ne m'arrangent pas, moi non plus.

— Nom de Dieu, soupira Alex. Qu'est-ce que tu vas faire ?

— Trouver une demoiselle qui a les mêmes penchants. Ou plutôt les penchants inverses, devrais-je dire. Quelqu'un qui gardera mes secrets tant que je garderai les siens. »

Gregor haussa un sourcil, la mettant au défi de poursuivre cette conversation. Alex pinça les lèvres, mais laissa tomber le sujet. Si Gregor n'avait pas envie de se battre pour ses droits, c'était à lui de voir.

« Je ne veux pas impliquer notre père à moins que la situation ne devienne désespérée, » dit Alex pour changer de sujet. « Donc... en supposant que je veuille suivre l'autre voie, comment je fais pour rencontrer des Berserkers ? »

Gregor lui adressa soudain un sourire malicieux.

« Je crois qu'il est temps que tu rencontres tes cousines. Elles savent où rencontrer des mecs hétéros. J'espère seulement que tu tiens l'alcool. »

Les yeux ronds, Alex grimpa dans un taxi avec son frère, l'écoutant tandis qu'il l'abreuvait de tout un tas de détails salaces.

2

« Tu es sûr que tu ne veux pas venir avec nous ? » demanda Alex à Gregor en passant son bras autour de ses épaules tandis que leur groupe quittait Le Petit Salon, l'endroit où Gregor avait décrété qu'Alex rencontrerait *les cousines*. Les cousines s'avérèrent être une bande de grandes femmes dans la vingtaine, aux allures de mannequins, et elles étaient vraiment loin de tout ce que connaissait Alex.

Alex avait toujours été discrète et pensive, même à la fac. Elle était capable de faire la fête en compagnie d'amis proches, mais elle n'avait jamais été une *fêtarde*. Cette expression-là aurait pu être créée dans le but spécifique de décrire n'importe laquelle de ses cousines. Elles étaient toutes bruyantes, surexcitées, et plus branchées qu'Alex ne pourrait jamais espérer l'être. Stéphanie, Miranda, Bette, Jenna et Sammie étaient toutes sur leur trente-et-un, et, bon sang, elles étaient prêtes à S'A-MU-SER.

Cinq minutes après les avoir rencontrées, dès que l'étape des câlins et des proclamations de joie furent terminées, Alex était déjà saturée de potins et de bla-bla sur les mecs mignons. Gregor leur avait réservé une table dans son restaurant préféré, et s'était empressé de caser Alex entre lui et Bette, la plus réservée de la bande. Si l'on pouvait dire, étant donné que Bette s'empressait de faire un topo à Alex sur chaque homme séduisant qui franchissait la large porte d'entrée du restaurant.

« Voyons un peu... » disait Bette à Alex. « Humain, humain. Oh, celui-là, là-bas, l'espagnol canon ? Humain aussi, mais c'est une *bombe* au pieu.

— Je— D'accord, » dit Alex en buvant une grande gorgée du martini que Gregor lui avait fourré dans la main.

Et ce n'était que le début de la soirée. Le repas avait duré plus de trois heures, il y avait eu bien plus à boire qu'à manger. Alex n'était pas une grosse buveuse, aussi s'était-elle un peu retenue, mais elle était indiscutablement pompette lorsqu'elles étaient sorties dans l'air chaud du soir à Chicago.

« Il est déjà dix heures et demie. Je crains fort d'avoir un rendez-vous demain de bonne heure, » dit Gregor en lançant à Alex un regard désolé.

« Tu parles, » dit Stéphanie en imitant la pose d'Alex, passant son bras autour de Gregor. « Il faut qu'il aille voir son copain. C'est quoi son nom, déjà, Ralphio ou un truc comme ça ?

— Et sur ces bonnes paroles, mesdemoiselles, je vous laisse à... vos projets, quels qu'ils soient. Faites seulement attention à vous, » dit Gregor en se dégageant de leur étreinte d'un coup d'épaule. « Miranda, Bette. J'attends de vous que vous vous assuriez qu'Alex ne meure pas dans une bagarre de bar, ni rien de ce genre. »

Alex le regarda avec des yeux ronds, mais Gregor se contenta de lui adresser un clin d'œil et s'éloigna, la laissant avec *les cousines*.

« Et c'est parti pour la beuverie ! » beugla Jenna. Les cousines poussèrent des cris de joie et saisirent Alex par la taille, la serrant dans leurs bras tandis qu'elles la traînaient en direction de leur destination.

« Oh mon Dieu, tu vas adorer le Trône de Bronze. C'est genre, le meilleur bar de tous les temps. Les verres sont super, la musique déchire, les mecs sont méga canons... et y'a presque que des métamorphes. Reste avec nous, juste pour être sûre de ne pas te retrouver à sucer la pomme d'un lion, d'un loup ou un truc dans ce genre-là, » déclara Bette.

Vingt minutes et deux verres de tequila plus tard, Alex dût reconnaître que Bette avait raison. Le bar était très beau, bien que l'éclairage soit un peu faible, la musique était forte et donnait envie de danser, et les hommes... Eh bien, ils étaient nombreux *et* séduisants.

« La prochaine tournée est pour moi ! » dit Alex, emportée par l'excitation générale. Les cousines poussèrent des cris de joie aigus et lui désignèrent le bar, une plaque de bronze étincelante qui s'étirait devant un mur impressionnant de bouteilles d'alcool.

Alex se fraya un chemin jusqu'au bar, en s'arrêtant brièvement pour ajuster sa robe de dentelle crème et noire qui lui arrivait aux genoux. Le corsage était étroitement ajusté, moulant ses hanches plantureuses et faisant remonter ses seins bonnet E pour former un appétissant décolleté. Alex n'avait pas une taille de mannequin comme ses cousines, mais elle avait conscience de ses charmes. Elle avait vêtu sa silhouette en forme de sablier au maximum de son potentiel, assortissant ses talons fuchsia à son rouge à lèvres et accessoirisant sa tenue d'un bracelet et d'une paire de boucles d'oreille dormeuses en diamant. Elle portait régulièrement cet ensemble, un cadeau de ses parents lorsqu'elle avait terminé la fac, pour ajouter une touche de grâce féminine à sa garde-robe.

Lorsqu'elle s'approcha du bar, un barman blond et séduisant accrocha son regard, la regarda de la tête aux pieds, et s'avança directement vers elle.

« Qu'est-ce que je te sers ? » demanda-t-il en lui adressant un sourire espiègle.

Les lèvres d'Alex frémirent. Certes, il était séduisant, mais bien trop humain. Elle était là pour rencontrer des Berserkers célibataires, pas pour s'oublier dans les bras d'un grand costaud qui se trouvait opportunément là, et qu'elle ne reverrait plus jamais. Dommage, vraiment...

« Des Kamikazes, » dit Alex en se penchant en avant tout en élevant la voix pour se faire entendre par-dessus la musique. « Six. Non, douze. Vous avez un plateau ? »

Le barman éclata de rire et hocha la tête avant de s'éloigner pour préparer sa commande.

« Tu ne fais pas la fête à moitié, toi. »

Les petits cheveux sur la nuque d'Alex se dressèrent tandis qu'elle s'écartait du bar, entièrement consciente du fait que sa position penchée faisait ressortir son cul d'une manière suggestive. Elle tourna la tête pour regarder par-dessus son épaule droite, et ce fut alors qu'elle le vit.

L'homme le plus magnifique qu'elle ait jamais vu de toute sa vie.

Elle se tourna vers lui, incapable de contrôler son geste, tout en le regardant de la tête aux pieds. Il mesurait au moins un mètre quatre-vingt-cinq, musclé, mais sans excès. Les cheveux noirs, élégamment coupés, plus longs sur le dessus et ras sur les côtés, de superbes yeux turquoise, et une peau légèrement hâlée.

Il portait une chemise bleu clair, dont les manches étaient retroussées jusqu'au coude, et un jean noir qui lui allait si bien qu'il avait dû être fait sur mesure. Alex s'y connaissait en fringues, et ce mec portait les siennes à la perfection. Il avait également quelques tatouages d'aspect intrigant, de féroces lignes noires qui barraient ses avant-bras nus. Ces tatouages avaient quelque chose qui fit frémir Alex, et puis, elle lécha les lèvres.

« Euh... » dit-elle, son assurance vacillant un instant tandis qu'elle le regardait fixement, des papillons dans le ventre. « Ouais, je suis venue avec des copines. »

Elle fit un geste vague par-dessus son épaule, ne voulant pas désigner directement la tablée de femmes splendides qui observaient sans nul doute le mec de ses rêves avec beaucoup d'intérêt. Qui ne l'aurait pas fait, alors qu'il était si divin ? Il était si canon qu'Alex se demanda tout à coup s'il était bien réel, si elle n'était pas beaucoup plus ivre qu'elle ne le pensait. En effet, l'alcool avait tendance à déformer terriblement sa vision lorsqu'elle reluquait les hommes dans les bars.

« Sympa. Je pourrais peut-être t'offrir cette tournée ? demanda-t-il.

— Oh... Euh, ça ira. Je veux dire, merci de le proposer. Tu pourrais peut-être m'offrir un verre plus tard, en privé. »

Alex n'en revint pas d'entendre ces mots sortir de sa bouche, mais une lueur d'amusement s'alluma dans les yeux de l'homme. Ça semblait lui plaire, aussi maintint-elle le cap.

« Ça me plairait bien. Je te retrouverai peut-être sur la piste de danse, » dit-il. Il lui lança un dernier regard, puis se détourna et s'éloigna dans la foule. Alex ne put s'empêcher de le reluquer tandis qu'il s'éloignait, avec son cul parfait qui remuait dans son jean parfait...

« Et voilà, douze shots ! » cria le barman, la faisant

sursauter lorsqu'il abattit sur le comptoir un petit plateau de plastique avec sa commande.

« Merci beaucoup, » dit Alex. Elle paya et ramassa le plateau, puis retourna auprès de ses cousines.

Deux kamikazes et deux vodka-tonics plus tard, Alex laissa ses cousines l'entraîner sur la piste de danse. Elle fut bientôt entourée par des corps qui ondulaient, et les pulsations de la musique. Elle se balançait, flirtait et chantait sur la musique, depuis longtemps passée de pompette à carrément bourrée. Elle dansa avec plusieurs hommes une fois que les cousines se furent éclipsées pour trouver leurs propres partenaires, sa tête tournait tandis qu'elle riait et s'éclatait.

Ce fut alors que le phénomène se reproduisit. Les cheveux sur sa nuque se dressèrent, et elle *sut* qu'il s'agissait du même mec. Elle se retourna avec un large sourire. Il était là, le Grand Ténébreux au Regard de Braise. Il tendit une main en guise d'invitation. Alex n'hésita pas, et ondula tout droit dans ses bras. L'une de ses grandes mains atterrit sur sa hanche, et l'autre au creux de ses reins tandis qu'il l'attirait à lui.

Elle remarqua à nouveau ces tatouages tandis qu'il tirait jusqu'à ce qu'elle fût plaquée contre son corps, tout en muscles durs et chauds. Alex glissa ses bras autour de son cou, donnant de petits coups de bassin tout en suivant le rythme tranquille qu'il imposait. Il dansait avec une aisance parfaite, sans la moindre maladresse dans ses mouvements.

Alex gloussa lorsqu'il se pencha en avant et pressa ses lèvres contre les siennes. Son univers sembla basculer, l'alcool et le sang affluant dans ses veines lorsqu'elle sentit le goût de ses lèvres, et son contact contre sa peau.

Ils dansèrent, burent et s'embrassèrent jusque tard dans la nuit. Et tout à coup, voilà qu'ils se retrouvaient dehors, dans l'air frais de la nuit. Il y eut un taxi, et un portier... Tout était étincelant et splendide, et défilait autour d'Alex tandis qu'elle sortait d'un ascenseur à la suite de son mystérieux inconnu.

Ses lèvres étaient chaudes sur les siennes, ses caresses libérèrent son corps de l'étroite prison de sa robe. Il gémissait tout en prenant ses seins lourds dans ses mains, en libérant ses cheveux qui tombèrent en cascade dans son dos, en empoignant ses hanches. Sa bouche et ses doigts étaient partout, la faisant brûler, la faisant jouir encore et encore avant même qu'il ne fût déshabillé. Lorsqu'elle le dévêtit et toucha chaque centimètre de muscle lisse que ses doigts inquisiteurs purent trouver, il gronda et l'accula, le regard avide. Il la prit debout contre le mur, se glissant profondément en elle et la faisant crier de désir.

Alex lui griffa le dos avec ses ongles et lui mordit l'épaule tandis qu'il s'emparait de son corps, arrachant chacun de ses soupirs à ses lèvres tandis qu'il la brûlait vive. Lorsqu'il termina en rugissant sa satisfaction contre son cou, Alex eut l'impression d'être marquée au fer rouge. Ce ne fut qu'ensuite, alors qu'ils étaient allongés côte à côte, le souffle encore court, qu'Alex réalisa à quel point elle était ridiculement ivre.

Il devait être tout aussi ivre, car lorsqu'elle se leva et s'habilla, il ne bougea pas et ne fit pas un bruit. Elle l'observa attentivement une dernière fois avant de partir, en se disant qu'elle devait avoir une sacrée berlue quand elle était ivre, parce qu'il était tout aussi séduisant qu'elle l'avait pensé au départ.

Tout en soupirant devant sa propension à prendre de mauvaises décisions, Alex se rendit d'un pas trébuchant à l'ascenseur, et héla un taxi.

3

« En somme, on a atteint tous les objectifs financiers que tu as établis il y a quatre ans quand tu es entré aux Fonds d'Investissements Jones et Simon, » dit James Aldritch en se laissant aller contre le dossier de son siège, l'air ravi.

Cameron Beran vida les dernières gouttes d'un énorme verre d'eau, le troisième depuis qu'ils étaient arrivés au restaurant. James était non seulement son conseiller en matière d'investissements, mais aussi son ami de fac, aussi leurs rendez-vous étaient-ils habituellement décontractés et amicaux.

« Ouais, ouais, » dit Cam en plissant les yeux dans la lumière vive qui se déversait par les larges baies vitrées du restaurant.

« C'est quoi ton problème, mon vieux ? Je suis en train de te dire que t'es plein aux as, et tu ne m'écoutes même pas, » dit James, l'air un peu vexé.

Cam observa le costume gris clair parfaitement ajusté de James et ses cheveux blonds soigneusement coiffés, conscient du fait qu'ils contrastaient à cet instant l'un avec l'autre. Cam avait tout juste eu le temps de faire un saut sous la douche avant leur rendez-vous. Il n'avait pas eu le temps de se raser, ni d'enfiler quoi que ce fût de plus élégant qu'un jean et un t-shirt. Il savait qu'il se démarquait au milieu de la clientèle de femmes et d'hommes d'affaires du restaurant, le genre d'établissement qui avait des nappes de lin blanc et des verres à eau en cristal.

« J'ai une gueule de bois pas possible, reconnut Cam. Je ne me rappelle même pas la moitié de ce que j'ai fait hier soir.

— On est mercredi, » dit James en haussant un sourcil. « On n'est pas un peu trop vieux pour ça ?

— Je sais, je sais, » dit Cam en se passant la main sur le visage. « Je le paie aujourd'hui, ça, c'est clair.

— Ohhhh, dit James. Je reconnais ce regard. Il y avait une fille, hein ?

— Quand est-ce qu'il n'y en a pas ? » dit Cam en poussant un soupir.

« Bon, bah, on a assez de graphiques, de paperasse et de signatures à passer en revue pour une heure, là, alors j'espère qu'elle en valait la peine. »

Cam y réfléchit un instant avant de hocher la tête.

« Ça, ouais. Une rousse. Et plantureuse, en plus. Oh, et elle s'est avérée être une sacrée tigresse quand je l'ai ramenée chez moi, » dit-il. Il leva la main pour faire signe au serveur de lui apporter un autre verre d'eau. « Du moins, c'est ce que je crois. J'ai des griffures partout dans le dos.

— Sympa, » dit James, admiratif.

« Ouais. À présent, on ferait mieux de s'y mettre, parce que je suis attendu pour prendre le café après ça.

— Une autre rousse, j'espère ?

— Pas vraiment, non. Ma mère est en ville pour la journée. Pour acheter une robe de mariée pour la fiancée de mon frère, » dit Cam.

— Quel frère ? Luke ?

— Non. Lui, il s'est enfui, à vrai dire. Non, c'est Gavin, la prochaine victime, » plaisanta Cam. James connaissait suffisamment bien ses frères pour saisir la plaisanterie.

« Ah, ça se tient. Il a toujours eu un côté poule mouillée, » dit James en riant.

« Ça, c'est clair. Mais la fille est gentille.

— Où est-ce qu'on trouve de gentilles filles de nos jours, déjà ? » se demanda James tout haut.

Cam rit, regrettant de ne pas pouvoir raconter toute l'histoire à James. *Eh bien, sa famille est une espèce de secte, et on les a rencontrés pendant un séjour de rencontres pour ours métamorphes...*

« C'est difficile à dire. Pas mon genre de fille, » dit-il à la place.

« Non. Mais à présent que tes finances et tes biens sont en ordre, et que tu as lancé ta propre entreprise d'informatique, tu arriveras probablement à te dégoter une dame, dit James. Si les dames arrivent à supporter la vue de ta sale tronche, ceci dit. »

Cam eut un sourire en coin. Il était séduisant, et il le savait pertinemment.

« Allez, ça suffit, les mots doux. Mettons-nous au boulot, » dit-il.

Avec un clin d'œil, James sortit une liasse de papiers. Les papiers qui concrétiseraient tous les objectifs et tous les rêves de Cam, lui pavant la voie pour passer à la phase suivante de sa vie. Il achèterait une maison, prendrait une femelle puissante pour partenaire, et, enfin, il serait en position idéale pour devenir l'héritier du clan Beran. Luke ne comptait pas revenir de sitôt et Wyatt ne se caserait jamais, ce qui faisait de Cameron le meilleur candidat pour succéder à leur père en tant qu'Alpha.

L'objectif auquel il consacrait tous ses efforts depuis son adolescence, la seule chose qu'il avait véritablement à la fois l'impression de mériter et dont il lui semblait avoir besoin. *Alpha.* Il eut la tête ailleurs pendant la moitié du rendez-vous, hochant la tête et signant tandis qu'il fomentait ses plans. Il faisait implicitement confiance à James, aussi ne risquait-il rien en rêvassant, rien que pour cette fois.

Lorsque Cam se glissa dans un fauteuil de son café préféré deux heures plus tard, il se sentait complètement revigoré. Une infinité de verres d'eau et un déjeuner copieux avaient chassé quatre-vingt-dix pour cent de sa gueule de bois, et la première gorgée de son café au lait préféré fut exactement le coup de pouce dont il avait besoin pour continuer.

« Cameron ! » dit sa mère, qui arriva en laissant tomber une lourde brassée de sacs de courses sur la table.

« M'man, » dit-il en se levant pour la serrer dans ses bras. Ce café était leur point de rendez-vous régulier lorsqu'elle était en ville. Il tenait indiscutablement son amour du café de sa mère, et ce petit café torréfiait ses propres grains et servait ce qui était probablement le meilleur café que Cam ait jamais goûté.

« Qu'est-ce que tu bois ? demanda sa mère.

« Un Café Miel, dit-il. Un expresso avec du miel et de la mousse de lait.

—Mhm. Je crois que je vais prendre ce truc qu'ils font ici, au chocolat blanc et à la lavande, » répondit sa mère. Elle fila en direction du comptoir, et revint avec sa boisson et une assiette de macarons parisiens, une autre des spécialités du HiVolt Café.

« Tu as trouvé une robe de mariée ? » demanda Cam tout

en fourrant un macaron entier dans sa bouche. Il ignora le coup d'œil désapprobateur de sa mère et le dévora gaiement, savourant le délicat biscuit à la pistache.

« J'ai envoyé à Faith des photos d'une douzaine de styles, et trois lui ont plu. Donc je les fais livrer à la maison pour qu'elle les essaie.

— Chouette, dit Cam. Elle doit être impatiente.

— Plutôt nerveuse. Mais c'est une Beran désormais, alors elle ferait mieux de s'habituer aux grandes réunions de famille.

— Ça, tu l'as dit, » dit Cam en levant les yeux au ciel. Sa famille était immense, et ils aimaient bien se retrouver. Ses parents avaient été des partisans enthousiastes des nouvelles lois sur l'accouplement qui forçaient tous les Berserkers adultes à prendre une ou un partenaire dans l'année. Ils avaient même organisé le premier rassemblement, une énorme fête à la campagne, avec danse country et boissons à volonté. Tout avait semblé se passer plutôt bien, sauf pour Cameron et Wyatt qui en étaient venus aux mains avec plusieurs cousins. Luke avait également failli tout gâcher avec sa future partenaire, mais en fin de compte, tout s'était arrangé.

« En parlant de partenaires, je voudrais que tu me rendes un service, » dit sa mère.

Cam lui lança un bref regard soupçonneux.

« Lequel ? demanda-t-il.

— Je veux que tu me laisses t'arranger un rendez-vous.

— Non.

— Cameron—

— M'man, non. Je peux me trouver des rencards tout seul, merci bien.

— Je ne te vois ramener aucune partenaire potentielle à la maison, Cameron. Trois de tes frères ont trouvé leurs partenaires au cours des derniers mois, et je veux que tu en trouves une, toi aussi.

— J'en trouverai une.

— Je veux t'y aider, dit sa mère.

— Et moi, je ne veux pas que tu m'aides, » répondit Cam.

Sa mère soupira bruyamment.

« Si tu me laisses t'arranger un rendez-vous cette fois-ci, je ne t'embêterai plus avec ça pendant un mois. »

Cam prit un instant pour y réfléchir. Un rendez-vous à l'aveugle, pour un mois de paix et de tranquillité ?

« Deux mois, alors dit-il.

— Vendu ! » Sa mère lui adressa un sourire radieux. « Tu vas l'adorer.

— Mmmhm, » marmonna Cam d'un ton neutre. Il dévora un autre macaron.

« Elle s'appelle Alexandra, et elle vient d'arriver à Chicago.

— C'est qui, son Alpha ? » demanda Cam, curieux.

« Elle est liée par le sang au clan England. »

Cam toussa en manquant d'inhaler le biscuit.

« À Alfred England ? C'est pas de bol pour elle, » dit Cam en s'époussetant.

« Il n'est pas si mauvais que ça. Enfin, bon, je ne crois pas qu'elle le connaisse très bien. Elle est plus proche de son fils, Gregor. Un de mes amis, comme tu le sais. On est tous les deux dans les comités d'administration de plusieurs organisations caritatives.

— Alors Gregor et toi, vous faites équipes pour jouer les marieurs, hein ?

— On dirait bien, » répondit sa mère d'un ton guilleret.

« Alexandra. » Cam répéta le nom de la fille.

« Très jolie, de splendides cheveux roux. Et puis, elle est très chic. »

Des cheveux roux. Cam déglutit et but une grande gorgée de son café, ne voulant pas se rappeler les souvenirs de la soirée de la veille en présence de celle qui lui tenait actuellement compagnie.

« Tu l'as rencontrée ? demanda-t-il.

— Non. Elle est originaire de la Côte est, d'après ce que j'ai compris. Je crois qu'elle a déménagé à Chicago dans le courant de l'année dernière ou quelque chose comme ça. Il y a une histoire là-dessous, mais Gregor n'a rien voulu m'en dire. Les England ne parlent pas trop de leurs histoires de famille.

— Très bien. Bon, bah, si tu n'as pas de bons ragots sur les England, j'imagine que tu peux me tenir au courant de ce que fabriquent mes terribles frangins, » dit Cam, sachant que sa mère se ferait un plaisir de tout lui raconter.

« Eh bien, » dit sa mère avec un grand sourire, « j'ai eu des nouvelles intéressantes de Finn... »

Cam se laissa aller contre le dossier de sa chaise, n'écoutant qu'à moitié l'histoire de sa mère. Bien qu'elle soit en train de lui parler d'une autre jolie fille, il n'arrivait pas à se concentrer sur son récit. Son esprit était bloqué sur les deux mystérieuses rousses de sa vie, celle de la soirée précédente et l'autre, qui n'était pas encore arrivée.

4

« Cameron Beran, hein ? » demanda Bette, la cousine d'Alex, en faisant une grimace. Elle repoussa une mèche de cheveux noirs qui lui arrivait au menton, ses yeux marron lançant des éclairs. Elles étaient assises sur le balcon de l'appartement d'Alex pour échapper à la chaleur du soleil de cette fin d'après-midi.

« Ça veut dire quoi, cette grimace ? » demanda Alex en buvant une gorgée de son thé vert glacé. « Je dîne avec lui ce soir, alors tu ferais mieux de cracher le morceau.

« Bah, il est super canon... hésita Bette.

— Mais... l'encouragea Alex.

— Eh bien, je ne le connais pas personnellement, mais il a eu une aventure avec Steph il y a deux ans de ça. Rien de sérieux, bien sûr, mais je crois qu'elle l'a eue mauvaise quand ça s'est terminé.

— Ah. Pourquoi ça ?

— C'est un coureur de jupons. Elle l'a vu avec deux autres filles dans la même semaine, et après ça, elle n'a vraiment plus voulu de lui. Steph est vraiment monogame.

— Est-ce qu'ils avaient convenu de ne fréquenter personne d'autre ? insista Alex.

— Non, pas du tout. J'imagine qu'elle s'est juste sentie méprisée. Comme je l'ai dit, ça remonte à un bout de temps. Il est peut-être différent à présent, vu qu'on doit tous trouver des partenaires cette année. Je sais qu'il veut être l'héritier de son père, et lui succéder comme Alpha dans quelques années.

— Intéressant, » dit Alex en hochant la tête. « Est-ce que c'est probable ? Gregor a dit qu'il avait une douzaine de frères ou un truc dans ce genre-là.

— Je crois qu'ils sont six ou sept. Je suis allée à cette énorme fête que les Beran ont donnée il y a quelques mois. C'était au milieu de nulle part, dans le Montana, ça faisait très western country. Ils sont tous grands, bruns et canons. C'est un peu absurde, déplora Bette.

— Est-ce que Cameron est l'aîné ?

— Je ne crois pas. Steph serait capable de t'en dire plus, en fait je crois que l'héritage est sujet à contestation. En revanche, Steph a dit qu'il était né Alpha.

— Comme si je savais ce que ça veut dire, » dit Alex en fronçant le nez. Elle ne comprenait toujours pas à cent pour cent une grande partie de la culture Berserker, mais elle supposait que Steph voulait dire par là que Cameron était du genre dominant.

« Il faut que j'y aille, et toi, il faut que tu te prépares pour ton rencard, » dit Bette en se levant de son siège. « En plus, je ne fais que te remplir la tête de vieux ragots, et j'influence ton jugement.

— Ne t'en fais pas pour ça. Je me ferai ma propre opinion, » lui assura Alex. « Laisse-moi te raccompagner. »

Malgré les vagues avertissements de sa cousine, Alex passa les quelques heures qui suivirent à se pomponner et à se préparer, avec la ferme intention de se présenter sous son meilleur jour. Si le mec n'était pas intéressant, elle ne serait pas obligée de le revoir. Dans un cas comme dans l'autre, elle voulait faire à l'homme avec qui elle avait rendez-vous une impression favorable ; elle était toute nouvelle dans le milieu des Berserkers célibataires de Chicago, et elle ne voulait griller aucune de ses chances aussi tôt.

Alex enfila une robe-pull vert olive simple mais efficace. Elle allait bien avec le roux vif de ses cheveux et son teint pâle, moulant ses courbes partout où il fallait mais sans dévoiler trop de peau. Elle ajouta une ceinture dorée étincelante et des talons assortis, puis mit un peu de blush, beaucoup de mascara, et de l'eye-liner bleu marine pour faire ressortir ses yeux.

Elle se fit un brushing, brossant ses cheveux jusqu'à ce qu'ils étincellent et tombent autour de ses épaules tel un rideau de feu soyeux et chatoyant. Tout en examinant son reflet dans le miroir, Alex veilla à se répéter toutes ses affirmations quotidiennes, se rappelant qu'elle était belle et gentille, et que son corps aux formes généreuses étaient sexy et non honteux. Elle avait fait du yoga ce matin-là, aussi avait-elle l'impression d'avoir pile les courbes qu'il fallait.

Vint enfin l'heure d'y aller. Gregor lui avait donné l'adresse d'un bar-restaurant huppé qu'il trouvait romantique, et lui avait dit d'y être à huit heures. Dévoilant un peu son côté théâtral, Gregor avait donné à Alex une rose blanche à glisser derrière son oreille en guise de marque pour que son rendez-vous puisse l'identifier.

Alex ne put s'empêcher d'être envahie par une petite bouffée d'anxiété en entrant dans le restaurant. Elle passa droit devant l'hôtesse et se dirigea directement vers le bar, en se disant que c'était le meilleur moyen d'être repérée par son rendez-vous mystère. Elle se glissa sur un siège vide et commanda une eau pétillante, tout en regardant autour d'elle. Un couple heureux était assis quelques sièges plus loin et sirotait des verres en se tenant la main, sans se soucier du reste du monde. Le seul autre client du bar était un type aux cheveux foncés qui tournait le dos à Alex ; il discutait à voix basse avec la jolie barmaid, et plusieurs serveuses semblaient mettre un point d'honneur à passer à côté de lui en souriant, et même à lui toucher l'épaule.

Alex leva les yeux au ciel et se retourna pour balayer le restaurant du regard. Le bar était installé un peu plus d'un mètre au-dessus de la salle à manger, aussi but-elle son Perrier à petites gorgées en regardant les gens, tout en s'efforçant de réprimer son anxiété croissante à mesure que les minutes défilaient. Alex consulta la fine montre en or qu'elle avait au poignet, et découvrit qu'il était huit heures moins cinq.

À huit heures pile, elle poussa un soupir. À huit heures cinq, elle s'aperçut tout à coup que la rose blanche était dans son sac, et qu'elle ne l'avait jamais mise dans ses cheveux. Tout en grommelant après elle-même, elle récupéra la fleur, retira la serviette en papier qui l'enveloppait, et la glissa derrière son oreille. L'heureux couple à côté d'elle se leva et partit en gloussant et en échangeant des murmures. Alex s'efforça de ne pas lancer de regard noir à leurs dos qui s'éloignaient.

Elle balaya le restaurant du regard avec un soupir, puis se tourna à nouveau vers le bar. À la seconde où elle tourna la tête, elle croisa le regard du mec à l'autre bout du bar. Alex dut le dévisager pendant quelques instants avant que son estomac ne se contracte et que la lumière ne se fasse lorsqu'elle le reconnut, et que ses yeux se soudèrent au regard turquoise de l'homme.

C'était l'inconnu avec lequel elle s'était envoyée en l'air

plus tôt dans la semaine, et il regardait fixement la rose blanche dans ses cheveux en plissant les yeux. Lorsque son regard balaya rapidement son corps, admirant sa robe moulante et ses jambes dénudées, Alex sentit une chaleur malvenue se répandre dans le bas de son corps, un souvenir de la chaleur de leur rencontre alcoolisée. Du moins, ce dont elle se souvenait.

Il se leva d'un mouvement fluide et se dirigea droit vers elle. Elle déglutit, incertaine.

« Alexandra ? » demanda-t-il, et elle reçut un second coup à l'estomac. Son mystérieux coup d'un soir était son rencard à l'aveugle ? Nom de Dieu.

« Euh, ouais. Je préfère Alex, » dit-elle en s'éclaircissant la gorge. « Alex Hansard. Du coup, toi, c'est Cameron, c'est ça ? »

Il éclata de rire.

« C'est ça. Tu pourrais faire un effort pour ne pas avoir l'air si dégoûté, » dit-il.

Les lèvres d'Alex tressaillirent, bien qu'elle fût loin d'être aussi amusée qu'il avait l'air de l'être.

« Je suis surtout... surprise, j'imagine, » dit-elle en penchant la tête de côté pour l'examiner. Il était vraiment la quintessence de la beauté masculine, exactement aussi grand et baraqué que dans son souvenir. Et ces yeux... ils étaient à la fois troublants et sexy.

« Je reconnais que je ne m'attendais pas à ça non plus. » Il adressa à Alex un demi-sourire timide, et agita la main en direction du côté salle.

« On va se mettre à table ? suggéra-t-il.

— Je te suis, » dit Alex en se levant. Son esprit filait à toute vitesse tandis qu'elle descendait les marches à sa suite en direction de la table. Bette avait eu parfaitement raison, comme Alex elle-même pouvait le constater. Après tout, alcoolisée, elle avait tiré un coup anonyme avec lui seulement quelques jours plus tôt. Cameron Beran était indiscutablement un coureur de jupons.

Cependant, cela pourrait peut-être servir les intérêts d'Alex. Dans son esprit, elle s'imaginait former un partenariat centré sur les affaires plutôt qu'un lien émotionnel. Bette avait suggéré que les Beran étaient une famille puissante, que Cam serait peut-être Alpha un jour. Il avait le potentiel pour remplir le rôle d'allié politique, et il serait peut-être intéressé par un accord plus décontracté que ce que les Berserkers semblaient habituellement préférer.

Les mots *relation ouverte* résonnèrent dans sa tête, et Alex sentit un sourire sinistre se former sur ses lèvres. Alors ce n'était peut-être pas romantique, ni même ce qu'elle s'était imaginé lorsque Gregor avait insisté sur l'importance de trouver un partenaire pour soutenir sa campagne pour l'égalité des droits. Mais ça pourrait quand même s'avérer utile...

Alex pinça les lèvres tandis qu'elle prenait place dans le box circulaire confortable que Cameron avait désigné, tout en tournant et retournant dans sa tête la multitude d'options.

5
___

Cam prit une profonde inspiration tandis qu'il attendait poliment qu'Alex prît place à la table recouverte de lin blanc, et la relâcha en un léger halètement lorsqu'elle se glissa dans le box. Le box était blotti dans un recoin discret, et sa forme circulaire leur permettait d'être assis l'un près de l'autre tout en se regardant quand même. Il examina le couvert romantique disposé devant eux tandis qu'il faisait le tour de la table pour rejoindre son propre siège, admirant l'argent étincelant, les flammes vacillantes des chandelles, et les nombreux verres à vin vides.

L'idée du vin lui parut excellente, car il avait la tête qui tournait. Il avait accepté ce rendez-vous pour apaiser sa mère, et en échange, il avait obtenu... eh bien, il n'en était pas encore vraiment certain, mais c'était bien plus que ce pour quoi il avait signé. Alex s'éclaircit la gorge pendant que Cam s'asseyait, paraissant tout aussi nerveuse que lui.

« Tu es splendide, » dit Cam, les mots sortant de sa bouche avant même de lui avoir ne fût-ce que traversé l'esprit. C'était la vérité, bien sûr ; elle était impeccablement habillée et apprêtée, avec toute cette superbe chevelure flamboyante qui soulignait ses épaules et sa taille. Son côté animal exigeait de passer outre toutes ces discussions ennuyeuses et de passer directement aux aspects bien plus intéressants de la soirée, comme toucher et goûter.

« Merci, » dit Alex, dont l'expression ne trahissait rien.

Cam héla un serveur, puis se concentra sur la liste des vins.

« Tu as une préférence pour le vin ? » demanda-t-il à Alex tout en l'examinant par-dessus le menu.

« Peut-être un mousseux pour commencer, » suggéra-t-elle en haussant un sourcil tandis qu'elle examinait la liste des assortiments de plats. Chaque petit geste ou mot trouvait un écho en Cam, lui rappelant la nuit qu'ils avaient passée ensemble. Ce soir-là, elle était restée tendue et sur ses gardes, même après un bon nombre de verres. Elle était infiniment plus rigide à présent, sa toilette et son discours impeccable, sa garde bien trop haute pour que Cam pût voir au-delà.

Cela, Cam ne pouvait pas le permettre. L'Alpha en lui avait besoin d'avoir le contrôle, dans la chambre à coucher et en dehors. Si ce petit rendez-vous intrigant devait mener quelque part, Cam allait devoir montrer à Alex sa domination dès le début. Un peu comme dans un test. Alors seulement pourrait-il déterminer si oui ou non ils étaient véritablement compatibles, si elle était capable de se soumettre ou de se rebeller aux moments adéquats.

« Je vais te suggérer quelque chose, » dit-il. Il posa les menus de côté, puis tendit la main et lui arracha son menu d'entre les doigts. « Laisse-moi tout commander ce soir. »

La bouche d'Alex s'ouvrit en un charmant petit *oh* de surprise. Cette petite démonstration de faiblesse fit tressaillir ses lèvres. Il allait prendre plaisir à la maintenir sur le qui-vive.

« Pourquoi ? » demanda-t-elle une fois qu'elle eut repris contenance.

« Parce que ça me ferait plaisir, » dit Cam avec un haussement d'épaules désinvolte qui démentait l'intensité avec laquelle il étudiait ses réactions.

« Et pourquoi est-ce que je me soucierais de ce qui te fait plaisir ? rétorqua Alex.

— Tu es ici pour une bonne raison. Tu veux quelque chose. Je suppose que tu as besoin de moi pour quelque chose, donc... je crois que tu devrais t'intéresser de près à mon plaisir, » dit Cam en insistant sur le dernier mot. Elle rougit légèrement en guise de réponse, et il réprima un sourire.

« Toi aussi, tu es ici pour une bonne raison, n'est-ce pas ? » fut sa réponse. Elle baissa cependant les yeux, et Cam sut qu'il avait déjà gagné cette bataille.

« Peut-être. Peut-être que je voulais seulement un rencard.

Cam se leva sans ajouter un mot. Il alla à la rencontre du serveur et commanda leur repas tout entier, y compris le vin et le dessert. Lorsqu'il revint, l'agacement sur le visage d'Alex faillit le faire éclater de rire. Elle était coriace, c'était certain, mais il avait l'avantage. Il avait déjà écarté certaines couches de sa personnalité en s'emparant physiquement d'elle. Selon la politique des sexes, c'était lui qui avait le dessus, et il comptait pleinement en tirer profit.

« Tout est convenu, » lui dit-il en dépliant sa serviette d'un geste théâtral tout en s'asseyant. Alex se contenta de le regarder sans expression, les lèvres pincées, et il décida d'aller un peu plus loin.

« Alors, est-ce qu'on parle de ce que tu veux, ou bien est-ce qu'on parle d'abord un peu de nous ? » demanda-t-il.

Alex fronça le nez.

« On ne se connaît même pas. L'autre soir, c'était... sympa, mais... ce que je cherche, ce n'est pas une autre aventure sans lendemain. Je suis vraiment venue ici pour avoir un rendez-vous sérieux, » dit-elle en agitant la main.

Le serveur arriva, ouvrit une bouteille de champagne et remplit leurs verres. Cam garda les yeux sur Alex jusqu'à ce qu'il fût parti, réfléchissant à sa réponse.

« Moi non plus, je ne suis pas à la recherche d'une aventure sans lendemain, » dit-il enfin. « L'autre soir, c'était un incident isolé. »

À sa grande surprise, Alex exprima son désaccord d'un reniflement dédaigneux tout en buvant une gorgée de son champagne.

« Ce n'est pas ce que j'ai entendu dire, » dit-elle en le clouant sur place de son regard bleu marine.

« Je ne te pensais pas du genre à écouter les rumeurs, » dit Cam en plissant les yeux.

« Je crois que tu veux plutôt dire que tu ne pensais pas que j'étais au courant des potins. » Alex examina son verre, et hocha presque imperceptiblement la tête pour indiquer son approbation. « Je me suis renseignée sur toi avant de venir ici. J'ai eu l'impression que tu étais un sacré briseur de cœurs. »

Cam soupira, bien conscient de sa réputation. Une réputation bien méritée, en plus. Six mois plus tôt, il se contentait encore de sa vie de play-boy, ramenant chez lui autant de filles qu'il voulait, aussi souvent qu'il le voulait.

« Eh bien, comme je te l'ai dit, je suis à la recherche de quelque chose de plus sérieux à présent, dit-il.

— À cause du décret des Alpha, j'imagine. Tu n'as que six mois pour trouver une partenaire, n'est-ce pas ? » demanda-t-elle en penchant la tête de côté tout en lui faisant grâce d'un sourire. Cam faillit éclater de rire. Alex semblait aussi le mettre à l'épreuve, en tentant de le faire sortir de ses gonds.

« J'ai mes raisons, » dit-il, et il en resta là. « Reprenons depuis le début. Comme tu le disais, l'autre soir, c'était sympa, mais... on devrait repartir de zéro, comme pour un vrai premier rencard. D'accord ? »

Alex pinça les lèvres et prit sa mesure pendant une demi-seconde avant de hocher la tête.

« Très bien. Alors... qu'est-ce que tu fais dans la vie, Cameron ? » demanda-t-elle, jouant le jeu.

« Je possède ma propre entreprise. Je bosse dans la finance, plus particulièrement avec des entreprises du secteur de la technologie. Je m'occupe d'investissements, de prévisions. On joue pas mal au chat et à la souris » dit-il en se laissant aller en arrière pour goûter le vin.

« Les enjeux ont l'air plutôt élevés, commenta Alex. Moi aussi, je possède ma propre entreprise. En partie, du moins. Je suis l'une des trois associés d'une boîte de design et de marketing. Je m'occupe de tout ce qui est créatif, la conception graphique et l'image de marque. »

Lorsqu'elle parlait de son entreprise, elle carrait les épaules, et sa posture débordait d'assurance. Lorsque son échine se redressa, sa poitrine généreuse se bomba vers lui, attirant son regard. Sa robe recouvrait la peau laiteuse du décolleté qu'il se rappelait vaguement de l'autre nuit, mais le fait de ne pas pouvoir le voir ne la rendait que plus fascinante.

« Je connais ça. Je bosse avec beaucoup de petites boîtes comme ça, des start-up qui font des trucs intéressants, dit Cam.

— On emploie quinze personnes à présent, et on a quelques très gros clients, » dit-elle en levant encore un tout petit peu plus le menton. « On était sur la liste des *30 Moins de 30 Ans* de la Revue du Philadelphia Magazine l'an dernier.

— Philadelphie ? Alors c'est là que tu te cachais, » dit Cam en hochant la tête. « Je me demandais, l'autre soir, comment j'avais pu ne pas te remarquer à Chicago. Notre population d'hommes-ours n'est pas si étendue, on n'est que quelques centaines d'ours en âge de s'accoupler.

— Je n'ai emménagé ici qu'il y a six mois de ça, » dit-elle.

Le serveur arriva avec des salades d'endives à la poitrine de porc et du pain focaccia chaud, interrompant un instant le fil des pensées de Cameron.

« Tu es venue ici pour te rapprocher de Gregor ? » demanda Cam lorsqu'il en eut retrouvé le fil.

« Pas exactement. Gregor et moi nous sommes retrouvés grâce à une base de données de donneurs de moelle. On a tous les deux un groupe sanguin très rare, surtout dans le Nord-Est des États-Unis. On a tous les deux fait un don à des jumeaux de huit ans atteints de cancer des os, et on s'est croisés pendant la procédure. La personne chargée de coordonner les donneurs nous a dit à quel point elle était étonnée que Gregor et moi ne soyons pas frère et sœur, parce qu'on était si semblables sur le plan génétique, et tout est parti de là.

— Attends un peu, » dit Cam en fronçant les sourcils, perplexe. « Est-ce que tu es en train de me dire que tu es la *sœur* de Gregor ? »

Alex remua sur son siège, soudain mal à l'aise.

« Ouais. Enfin, sa demi-sœur. C'est une longue histoire, dit-elle.

— Ce qui fait de toi la fille d'Alfred England, » dit-il, dérouté. « Est-ce que j'ai tout bon ?

— Ouaip, » dit Alex en concentrant son attention sur une bouchée de salade.

« England n'a jamais... » Cam s'interrompit en réalisant qu'il allait devoir marcher sur des œufs. « Est-ce qu'il...

— Sait que j'existe ? Ouais. J'ai vécu comme un coq en pâte avec ma famille adoptive, » dit Alex. Elle haussa les épaules, et son ton était plutôt léger, mais Cam s'aperçut que parler de ce sujet la mettait mal à l'aise. Il le laissa de côté pour l'instant, malgré la curiosité qui brûlait dans ses veines. Chaque chose en son temps, supposait-il.

« Et toi ? » demanda Alex pour changer de sujet. « Tu n'es pas lié par le sang au clan England, donc je suppose que tu n'es pas d'ici, toi non plus.

— Du Montana, en réalité. Mon père est l'Alpha du clan Beran.

— Il paraît que c'est super joli, là-bas. Pourquoi est-ce que tu n'y es pas resté ? demanda Alex.

— Billings, c'est trop petit à mon goût. Je savais que je voulais être près d'un tas d'entreprises dans les secteurs de la finance et des technologies, donc Chicago, c'était le choix qui s'imposait. Et puis il y a beaucoup plus de Berserkers par ici.

— Je n'ai rencontré qu'une poignée des England pour l'instant, mais j'ai la nette impression qu'ils sont une immense famille. »

Cam réfléchit à ses paroles, en se demandant lequel des England lui avait donné l'impression qu'il était un homme à femmes. Probablement pas Gregor, puisque c'était lui qui avait organisé le rendez-vous. Certainement l'une des nièces d'Alfred England. Il avait... *eu affaire* à quelques-unes d'entre elles. De près.

« Ils sont intéressants. Un clan très vieux et très puissant. Très traditionnel. J'ai entendu dire qu'Alfred England casait les membres de son clan dans tous les sens en ce moment, pour essayer de se conformer au décret.

— Ouais, enfin. On ne se connaît pas vraiment. Gregor, Alfred et quelques-unes de mes cousines sont les seuls à connaître mon existence pour l'instant, » dit Alex, confirmant les soupçons de Cam quant à sa source.

« Pas pour longtemps. Dans un clan aussi soudé, tu seras balancée d'une minute à l'autre à présent. Je suis étonné qu'aucun inconnu ne soit venu défoncer ta porte à la recherche d'un rencard et d'un moyen d'entrer dans le clan. »

Les sourcils d'Alex firent un bond vertigineux vers le haut. Il ne fallut qu'une demi-seconde à Cam pour prendre conscience de ce qu'elle en avait déduit.

« Ce n'est pas mon intention, je te l'assure, » dit-il d'un ton aride.

« Alors du coup, c'est toi l'héritier du clan Beran ? » demanda-t-elle.

Cam hésita, ne sachant pas trop quoi répondre.

« C'est encore en pourparlers, dit-il. Je crois être le choix qui s'impose.

— Je vois. Est-ce que je peux être très directe avec toi, Cameron ? » dit-elle en repoussant son assiette de côté avant de poser ses mains à plat sur la table.

« J'aime autant.

— J'ai des intentions, commença-t-elle.

— Comme nous tous, » fit Cam d'une voix traînante.

« Oui, bon. Ce que je veux dire, c'est qu'en ce moment, je recherche quelque chose de précis. J'essaie d'apporter quelques changements au Code des Alpha. Pour poursuivre mes objectifs, j'ai besoin d'un nom respecté. Celui d'un Alpha, » précisa-t-elle. Cam fronça les sourcils en réfléchissant à ses paroles.

« Pourquoi ne pas simplement demander à ton père ? C'est l'un des Alpha les plus puissants du pays.

— Eh bien. Je nourris quelques réserves à son sujet, pour des raisons personnelles. Et puis, il essaierait aussitôt de me coller avec le premier allié politique qui lui donnerait un quelconque avantage. Je ne suis le pion de personne, et surtout pas de... » Elle hésita, interrompant sa pensée. « Je prends mes propres décisions et forge mes propres alliances. Si je dois faire ça, autant choisir un partenaire qui me conviendra personnellement.

— Donc tu vois ça, le fait de prendre un partenaire, comme une sorte de contrat professionnel, » dit Cam tandis qu'il mettait bout à bout ses paroles.

« Bah, ouais. Comment est-ce que ça pourrait être autre chose entre rivaux politiques ? » Alex recula sur son siège tandis que le serveur débarrassait leurs assiettes et déposait leurs entrées. Il sentit le poids de son regard pendant plusieurs longues secondes avant qu'elle ne reporte son attention sur son repas, les mêmes assortiments de thon ahi grillé et de filet mignon qu'il avait commandé pour lui-même.

« J'espère que t'aimes la cuisine pré et marée, » dit Cam, évitant sa question pour découper le thon à la place. Il le goûta avec un soupir de plaisir, le poisson au beurre fondant dans sa bouche.

Ils mangèrent et parlèrent de la nourriture pendant quelques minutes, n'abordant plus aucun sujet sérieux jusqu'à l'arrivée du dessert. Lorsqu'un plateau de crèmes avec plusieurs pots arriva avec deux cuillères à long manche et une autre tournée de champagne, Alex alla droit au but.

« Qu'est-ce que tu comptes retirer de tout ça, alors ? » demanda-t-elle d'un ton tranchant.

Cam laissa son regard se promener sur son visage, ses jolis cheveux roux, et son corps aux courbes généreuses. En réalité, il voulait une véritable partenaire, quelqu'un à qui il tiendrait, qu'il protégerait, auprès de qui il œuvrerait pour cultiver une relation de couple florissante. Il voulait une attirance chimique, certes, mais il ne voulait pas que ça.

Il voulait ce qu'avaient ses parents, toute une vie d'amour et d'amitié. C'était son objectif depuis des années, la raison pour laquelle il avait remis à plus tard toute recherche sérieuse d'une partenaire jusqu'à ce qu'il se fût assuré tout le reste dans la vie. À présent qu'il avait une entreprise florissante, beaucoup d'argent, et suffisamment de temps à consacrer à une partenaire, il n'accepterait rien de moins que ce qu'il méritait.

Mais il aurait été malvenu de dire ça à Alex. Là, elle ne pensait qu'aux affaires, et recherchait un accord qui lui procurerait ce qu'elle recherchait en ce moment. Bien que Cam ait l'impression qu'elle possédait toutes les qualités dont il avait besoin, l'intelligence, la classe et la beauté qu'il désirait, il avait besoin d'en voir davantage. Il fallait qu'il sache si elle avait autant de cœur que de tout le reste, la seule chose qui compte par-dessus tout aux yeux de Cameron.

« Une complice, » dit-il, se décidant pour une demi-vérité. « J'ai besoin de trouver quelqu'un en qui je pourrai avoir confiance. »

Quelque chose étincela dans les yeux d'Alex, comme si elle approuvait ses paroles, ce qui donna à Cameron une étincelle d'espoir. Peut-être Alex savait-elle qu'elle avait besoin de quelque chose de plus profond, elle aussi. C'était un pari, mais Cameron aurait fait ce pari avec n'importe quelle partenaire potentielle. Cette étincelle lui donna la force de prononcer les paroles suivantes.

« Faisons le premier pas. On rencontrera les clans, on fera notre numéro. Si on arrive à aller jusque-là, je pense qu'on s'accordera bien. »

Alex hésita, sa cuillère suspendue au-dessus du dessert.

« C'est tout ? » demanda-t-elle en plissant les yeux d'un air soupçonneux. « Comment tu sais que tu obtiendras ce que tu veux de moi ?

— Tu as raison. Il y a une chose que je dois d'abord découvrir, dit Cam.

— Ah bon ? Une seule chose, hein ? — Et c'est quoi ? » demanda Alex, un sourire triomphant effleurant ses lèvres pulpeuses.

Cam tendit la main et libéra la cuillère de son étreinte, la laissant tomber sur la table. Sa main se glissa autour de sa taille sans lui laisser le temps de réagir, et un petit oh s'échappa de sa bouche lorsqu'il se tourna vers elle et l'attira sur ses genoux. Elle se raidit, mais ses hanches étaient d'une douceur réconfortante sous ses mains.

« Cameron ! » protesta-t-elle.

Il l'ignora, repoussant le rideau tentateur de sa chevelure pour poser sa main sur sa mâchoire. Ses lèvres descendirent sur les siennes, les trouvant tout aussi tendres, pulpeuses et chaudes que dans son souvenir. Les mains d'Alex vinrent se poser sur ses épaules, ses ongles s'enfonçant dans sa chemise et sa peau tandis qu'une autre protestation lui échappait.

Une voix dans sa tête dit à Cam qu'il dépassait les bornes, qu'il fallait qu'elle aussi en ait envie, mais son ours intérieur poussa un grondement de plaisir au contact d'Alex. Il fit remonter sa main depuis sa taille pour la poser sur son sein, son pouce pétrissant la chair tendre, et fut récompensé par la réaction d'Alex. Ses lèvres s'entrouvrirent sous celles de Cam, et un doux gémissement s'en échappa. Il plongea sa main libre dans ses cheveux, inclinant sa bouche à sa convenance, tandis que son autre main lui pinçait brutalement le sein.

Là. Elle se radoucit, en donnant de petits coups de langue pour titiller la sienne, et il sut. Elle avait beau dire ce qu'elle voulait, Alexandra Hansard ne désirait pas Cam que par simple intérêt. Satisfait, Cam titilla sa lèvre inférieure en la mordillant puis la relâcha, savourant son regard stupéfait.

« Dans ce cas, c'est réglé, » lui dit-il.

Alex le regarda, tout simplement bouche bée, et Cam eut le cœur plus léger. Quelque chose de très, très bon allait se produire entre eux. Il était prêt à parier tous ses revenus durement gagnés là-dessus.

6

Alex sortit un poudrier avec miroir de son sac à main et examina son reflet, tout en repoussant la ceinture de sécurité de la voiture que Cameron avait louée à l'aéroport de Billings. Elle passa en revue son maquillage et sa coiffure pour la dixième fois, tout en s'efforçant de ravaler la boule de nerfs qui s'était formée dans son estomac. Elle baissa les yeux sur sa jupe crayon bleu marine et son débardeur de soie blanc taillé sur mesure, en espérant que ses chaussures à talons rouge vif n'étaient pas trop voyantes pour rencontrer la mère de Cameron.

Une autre vérification de son maquillage et de sa coiffure lui apprit qu'absolument rien n'avait changé pendant les trente dernières secondes. Alex eut envie de se mordre la lèvre, mais elle ne voulait pas étaler son rouge à lèvres rouge soigneusement appliqué.

« Hé. Tout va bien, » dit Cameron en tendant sa grande main bronzée pour amener celle d'Alex sur ses genoux. Il conduisait d'une main, et lui fit une grimace au lieu de regarder la route. Cela n'apaisa en rien la nervosité d'Alex.

« Tu es sûr que tu ne veux pas que je conduise ? »

demanda-t-elle, les sourcils froncés et le doigt tendu pour reporter son attention sur la route.

Cameron eut un rire léger, l'air parfaitement satisfait. Évidemment, ils allaient retrouver sa famille. Il n'avait pas la moindre raison de s'inquiéter, contrairement à Alex. Sur le trajet en voiture entre Billings et Red Lodge, Alex était exactement dans le même état que la première fois qu'elle avait accepté de prendre un café avec Gregor. Elle savait que ça changerait probablement sa vie toute entière, et qu'il ne fallait pas qu'elle se focalise là-dessus, mais c'était trop énorme. Aussi s'agitait-elle sans arrêt, rajustant ses cheveux, son brillant à lèvres et la manière dont sa jupe moulait ses hanches.

« Comme si j'allais te laisser conduire, » ricana Cameron. Il la lâcha et se redressa légèrement sur son siège, attirant l'attention d'Alex sur la manière dont son t-shirt bleu foncé moulait ses épaules, ses abdos et ses bras. Le t-shirt dévoilait également un peu plus de peau que ses chemises habituelles, aussi Alex avait-elle découvert que les tatouages sexy sur ses bras montaient plus haut que ses avant-bras, et que des lignes d'encre dépassaient du col de son t-shirt. En le voyant ce matin-là, debout dans l'embrasure de sa porte, vêtu d'un jean de créateur et de ce t-shirt en coton moulant, elle avait failli lui claquer la porte au nez. Il était trop, vraiment. Ce n'était pas juste.

Alex ramena brusquement son esprit mal placé au sujet qui l'occupait.

« Je conduis super bien ! J'ai jamais eu d'amende, soupira Alex. En plus, c'est même pas ta voiture.

— Allez, détends-toi un peu. On y est presque, et ça va aller. Aujourd'hui, tu combles pour ainsi dire tous les rêves de ma mère. Tu peux me croire quand je te dis que tu vas être chaleureusement accueillie. »

Ouais, sauf que ça, c'est pour ainsi dire un faux mariage. Merde, je suis censée dire accouplement, se dit Alex. Elle lança à Cameron un coup d'œil anxieux tout en remettant son miroir compact dans son sac à main. Maman Ours ne serait probablement pas aussi ravie de savoir qu'elle et Cameron, ne feraient, en somme, que prononcer quelques paroles et signer quelques papiers pour faire en sorte que tout le monde les lâche et s'octroyer quelques avantages.

Après avoir discuté avec Gregor, Alex devinait qu'il fallait probablement à Cameron une partenaire puissante afin de devenir l'héritier de l'Alpha. C'était logique, étant donné que le décret des Alpha était la seule autre raison pour laquelle il devait se caser. En prenant une partenaire, il se hisserait peut-être au sommet aux yeux de son père. Du moins, c'était ce que Gregor avait dit.

« J'ai un peu l'impression de sonner... faux, soupira Alex. On a eu quatre rencards, et voilà qu'on se pointe déjà chez toi comme si de rien n'était pour rencontrer ta famille. »

Ces dix derniers jours avaient été un tourbillon, entre le fait de dîner dehors avec Cameron à plusieurs reprises et celui d'essayer d'avancer au boulot étant donné qu'elle avait tout à coup besoin d'une semaine de congé pour rencontrer leurs deux clans. De plus, elle avait passé la journée de la veille à faire du shopping furieusement afin de trouver les vêtements et les chaussures adéquats pour que les deux clans la trouvent à la hauteur de leurs attentes.

« Je ne m'en ferais pas pour ça, si j'étais toi. Personne ne va te cuisiner. Moi, en revanche... soupira Cameron.

— Est-ce que tu vas mentir si quelqu'un te demande depuis combien de temps on se fréquente ? » demanda Alex, soudain crispée.

« Non. Je suis maître dans l'art d'éluder les questions. C'est un talent qu'il vaut mieux avoir dans ma famille. »

Cameron surprit l'expression soupçonneuse d'Alex et sourit. « Cinq frères et une mère curieuse, tu vois le genre. Cette aptitude m'a sauvé la peau un nombre incalculable de fois. »

Alex fronça le nez et se détourna pour regarder le vaste paysage du Montana à travers la vitre, mettant ce fait de côté pour plus tard.

« C'est ta maison, ça ? » demanda-t-elle en désignant du doigt un bâtiment sombre qui se dressait au loin.

« La seule et unique, » dit Cameron. Le Chalet. Normalement, on pourrait séjourner dans la maison d'amis, mais je crois que mon frère Gavin et sa partenaire y sont encore. On est coincés dans la maison principale avec mes parents. »

Alex l'écoutait à peine, les yeux rivés sur le Chalet tandis qu'ils se garaient dans l'allée. C'était un bâtiment impressionnant, tout en bois sombre et grandes fenêtres. Un peu comme une cabane de rondins géante, si les cabanes de rondins avaient coûté des millions et avaient eu l'air de sortir tout droit d'une revue d'architecture.

Avant même qu'elle ne s'en rendît compte, ils se tenaient sur les marches du perron, Cameron portant leurs valises en direction de la porte d'entrée. Ils n'avaient même pas traversé le perron qu'une fusée aux cheveux argentés jaillit de la porte et percuta Cameron de plein fouet.

« Salut, M'man, » dit Cameron avec un rire en laissant les valises glisser au sol. « M'man, voici Alex Hansard. Alex, voici ma mère, Genny Beran. »

Des yeux d'un bleu éclatant jaugèrent Alex jusque dans les moindres détails tandis que Genny se redressait. Ses cheveux gris acier étaient attachés en chignon, et elle portait une chemise d'homme trop grande dont les manches étaient retroussées par-dessus un pantalon havane, le tout assorti de hautes bottes d'équitation.

« Alex, c'est un réel plaisir, » dit Genny, dont le visage

s'éclaira d'un sourire tandis qu'elle prenait la parole. « Est-ce que je peux te prendre dans mes bras ? »

Alex se contenta de hocher la tête, et l'instant d'après, voilà que Genny l'enveloppait dans une étreinte chaleureuse.

« On serre les autres dans ses bras, dans cette famille, » lui dit Genny. Alex donna une petite tape dans le dos de Genny, en s'efforçant de ne pas paraître aussi mal à l'aise qu'elle ne l'était en réalité. Ses parents adoptifs étaient des gens formidables, mais ils n'étaient pas affectueux sur le plan physique. Cameron s'était montré très tactile au cours de leurs derniers rendez-vous, bien qu'ils n'eussent rien fait de plus qu'échanger quelques baisers. Désormais, elle comprenait d'où il tenait ça.

« D'accord ? » dit Alex, gênée au-delà de toute mesure.

Genny les poussa à l'intérieur, et envoya Cameron à l'arrière de la maison afin qu'il y dépose leurs valises. Le Chalet comprenait dans le même espace un immense salon, une salle à manger classique, et une cuisine en inox haut de gamme. Genny conduisit Alex dans la salle à manger, où l'attendaient trois nouveaux visages.

« Alex, voici mon partenaire, Josiah, » dit Genny en présentant Alex à un homme aux cheveux argentés dont le lien de parenté avec Cameron était indiscutable. Ils avaient la même carrure et les mêmes traits du visage, bien que Cameron fût bien plus affable que son père, qui paraissait plus bourru.

« Mmmph, » grommela Josiah en serrant sans conviction la main d'Alex avant de prendre la fuite en direction de la cuisine.

« Ne fais pas attention à lui, » dit un homme séduisant qui ne pouvait être que le frère de Cameron.

« Voici mon fils Gavin et Faith, sa partenaire, » dit Genny, rayonnante. « Noah et Charlotte étaient là, mais ils sont partis ce matin. »

Alex serra les mains de Gavin et de sa partenaire, une jolie blonde réservée.

« Ravie de te rencontrer, » dit Faith à Alex en lui souriant avec douceur tout en la regardant de la tête aux pieds.

« Moi de même, » dit Alex tout en notant la tenue conservatrice de Faith, une robe crème longue jusqu'aux genoux qui couvrait ses bras et sa poitrine. Elle était féminine tout en étant pudique, un style qu'Alex elle-même n'avait jamais exploré. Tout à coup, le petit soupçon de décolleté qu'Alex avait jugé acceptable pour l'occasion lui parut discutable, mais elle ne pouvait plus rien y faire.

« Veux-tu un peu de vin ? J'ai ouvert une bouteille spéciale de Pinot Noir, » dit Genny, qui était déjà en train d'en servir un verre à Alex.

« Oui, s'il te plaît » dit Alex en buvant une gorgée. Le vin avait un goût étrange qui la fit désagréablement saliver, mais elle avala sa gorgée sans faire de commentaire. Son odeur s'accrochait cependant à ses sens, la privant de tout désir d'en boire d'autres gorgées pour calmer ses nerfs.

Ils prirent tous place autour de la gigantesque table en teck de la salle à manger, Genny dictant où chacun devait s'asseoir. Alex se laissa aller à bavarder avec la famille tandis que Genny leur donnait les dernières nouvelles sur le mariage imminent de l'un des autres frères. Genny et Gavin taquinait Faith au sujet de leur propre cérémonie d'accouplement, qui n'aurait lieu que dans quelques mois ; chaque fois qu'il était question de fixer des dates, Genny lançait à Alex des coups d'œil pas très subtils tout en haussant les sourcils.

Cameron revint au moment même où Josiah apportait le plat principal à table, plusieurs filets de truite arc-en-ciel magnifiquement préparés. Cameron s'empara du siège entre Alex et Josiah, et Alex fut reconnaissante de l'avoir entre elle et la présence d'acier de l'Alpha.

« Pêchées ce matin, » leur annonça Josiah.

Genny et Faith se levèrent d'un bond pour apporter à table des asperges grillées, des pommes de terre rattes, des épis de maïs frais et une corbeille de petits pains à la farine de blé. Josiah lança un regard à Alex, et elle se demanda si elle aurait dû suivre les autres femmes. Elle se tourna vers Cameron pour lui poser la question, mais il la surprit en saisissant sa main dans la sienne pour la poser sur ses genoux. Le geste fut naturel, comme tout ce qu'il faisait, mais le cœur d'Alex fit néanmoins un bond dans sa poitrine. Lorsqu'il la lâcha pour se servir du vin, elle fut presque triste.

Josiah découpa et servit le poisson tandis que tous les autres se servaient des accompagnements, et Alex fut ravie de trouver une carafe d'eau fraîche et un verre vide à côté de son couvert. Elle repoussa son vin en faveur d'un peu d'eau, soulageant sa gorge soudain sèche.

« T'as soif ? » demanda Cameron en haussant un sourcil.

« Cette eau est délicieuse. Est-ce que c'est de l'eau du puits ? demanda-t-elle.

— C'est la meilleure eau dans ce coin-ci de notre campagne, intervint Josiah. Mon père a creusé lui-même le puits.

— Elle a un goût très agréable, » dit Alex en guise d'assentiment. Josiah lui lança un regard dur avant de retourner à son assiette.

« Goûte le poisson, suggéra Gavin. C'est la spécialité de mon père. Il le prépare avec du citron, du beurre et du thym, y'a rien de meilleur au monde. »

Josiah ne répondit pas, ignorant les aimables paroles de

son fils. Alex sourit à Gavin et prit une bouchée de poisson, puis hocha la tête en guise d'assentiment.

« C'est divin, dit-elle.

— T'habitue pas trop vite à la bonne bouffe, parce que ton partenaire serait incapable de cuisiner même si sa vie en dépendait, » dit Gavin. Faith souffla bruyamment, et pinça le bras de Gavin en guise de réprimande. Gavin la regarda et haussa les épaules. « C'est la vérité, chérie. Il brûle tout ce qu'il touche. Je parie qu'il ne vit que de pizzas deep-dish là-bas, à Chicago, hein, Cam ? »

Alex posa son regard curieux sur Cameron, qui leva les yeux au ciel.

« C'est pas vrai. Il y a une épicerie bio à côté de chez moi, et ils font de supers plats à emporter, » dit Cam entre deux bouchées.

« C'est pas un problème. Je ne m'en sors pas trop mal en cuisine, » Alex se surprit-elle à dire.

« Mais est-ce que tu sais préparer les lasagnes ? Cameron ne peut pas vivre sans lasagnes, » dit Genny à Alex en lançant à son fils un regard amusé.

« Je ne mange pas beaucoup de féculents, mais je suis sûre que j'arriverais à préparer des lasagnes correctement, » dit Alex. Cameron lui lança un regard scrutateur, et Alex réalisa qu'il n'était pas au courant de son régime alimentaire. Elle l'avait laissé commander pour eux deux lors de tous leurs rendez-vous, en choisissant d'éviter ou de consommer peu des plats chargés en féculents qu'il avait commandés.

En se rappelant à quel point ils savaient peu de choses l'un de l'autre, quelle supercherie ils étaient en train de perpétrer, le merveilleux repas des Beran perdit brusquement toute sa saveur. Elle mangea le reste de ses asperges et de son poisson, mais renonça au reste, se sentant un peu nauséeuse. Ses émotions s'étaient toujours manifestées physiquement, ce n'était donc pas une grande surprise.

La conversation tourbillonnait autour d'eux, essentiellement composée de plaisanteries entre Cameron et Gavin. Chacun avait un vaste répertoire d'anecdotes gênantes sur l'autre, et ils semblaient ravis de pouvoir en faire usage devant un public. Lorsque le dîner fut terminé, Cameron et Gavin débarrassèrent les assiettes, ce qui faisait manifestement partie du rituel familial des repas, et Alex rit en les voyant se donner des coups de coude tandis qu'ils remplissaient le lave-vaisselle.

Genny apporta un gâteau au chocolat sans farine pour le dessert, et insista pour que chacun en prenne une part. Alex poussa carrément un gémissement lorsqu'elle en goûta une bouchée, et rougit en s'apercevant qu'elle avait attiré les regards de toutes les personnes présentes à table.

« Désolée, mais c'est délicieux ! Je suis incapable de faire des gâteaux, reconnut Alex.

— C'est Faith qui l'a fait, pas moi, » dit Genny en désignant la blonde timide d'un signe de tête. Faith passa par au moins dix teintes de rouge tomate, ce qui fit sourire Alex.

« Faith, c'est vraiment l'une des meilleures choses que j'aie jamais goûtées, lui dit Alex.

— C'est rien du tout, » dit Faith en secouant la tête.

« C'est elle la meilleure, dans pratiquement tous les domaines, » annonça Gavin à Alex. « Tu devrais voir les illustrations qu'elle a réalisées pour son livre pour enfants. Deux éditeurs sont déjà intéressés, pas vrai, chérie ? »

Faith avait l'air d'espérer que le sol s'ouvre pour l'engloutir, et Alex ne put s'empêcher de bondir à son secours.

« En parlant de livres pour enfants, je suis allée à une exposition de Shel Silverstein il y a quelques semaines. Ces illustrations sont plutôt extraordinaires, surtout celles de

Where The Sidewalk Ends. C'était incroyable de les voir en vrai, » dit Alex. Faith lança à Alex un regard reconnaissant, et rougit à nouveau lorsqu'Alex lui adressa un clin d'œil en guise de réponse.

« Encore un verre de vin ? » suggéra Genny à tout le monde à la fin du repas.

« Pas pour moi, » dit Alex en secouant la tête. « Mais il était délicieux. »

Alex se leva pour aider tandis que tout le monde ramassait les assiettes et les verres. Elle aimait bien la bonne humeur et l'efficacité avec laquelle la famille terminait son repas partagé. Ses deux parents étaient médecins, alors les dîners en famille étaient rares et se composaient habituellement de pizza ou de plats chinois à emporter. Elle n'aurait échangé ses parents pour rien au monde, mais il était agréable de voir la famille de Cameron en action. Elle aimait tout particulièrement le fait que tout le monde l'appelait Cam, ce qu'il n'aurait jamais encouragé, elle en était certaine. Bien qu'il ait un certain sens de l'humour, il se prenait également un peu au sérieux. C'était agréable de voir ce petit défaut contrebalancé par une famille aussi aimante.

« Il faut qu'on retourne à la maison d'amis, » annonça Gavin en s'étirant avant de passer son bras autour de Faith. « Faith a un rendez-vous important demain matin. Elle est en pourparlers avec les éditions Penguin au sujet d'un éventuel contrat d'édition.

— Un rendez-vous sur Skype, » dit-elle en secouant la tête comme si ce fait avait annulé son exploit.

« Je suis sûre que ça va très bien se passer, » dit Alex d'un ton guilleret. « J'ai des tas de rendez-vous professionnels avec des inconnus, et je vais te dire mon secret. Fais comme si tu étais sûre de toi, et ils croiront que tu l'es. C'est simple comme bonjour. »

Faith lança à Alex un regard dubitatif, mais elle hocha la tête.

« Très bien. On se voit demain ? » demanda Gavin à Cameron.

« Ouais. On part après-demain matin, lui dit Cameron.

— Il va y avoir une pluie de météorites demain soir, vers minuit. Si jamais il vous prenait l'envie d'aller nager, euh... ne le faites pas, » dit Gavin à Cameron, qui lui adressa un énorme sourire.

« Pigé, » dit Cameron, ignorant les regards curieux de ses parents. « Peut-être qu'on ira jusqu'au grand bosquet.

« Gavin ? » lança Faith depuis la porte en lui faisant signe de venir.

« Faudrait pas perturber son emploi du temps, » dit Gavin d'un ton enjoué en sortant.

« Vous pourriez envisager de rester un jour de plus, tous les deux, » dit Genny en tapotant le bras de Gavin. « Noah et Charlotte vont venir, et on va faire une grande fête avec toute la famille. Ce sera steaks et cocktails au menu, pour fêter le succès avec lequel vous trouvez des partenaires en ce moment les garçons. »

Cameron hocha la tête, et lança un regard à Alex.

« On va en parler. Je sais qu'Alex a beaucoup de travail en ce moment, et on doit rencontrer sa famille plus tard dans la semaine.

— Non, ça a l'air sympa, dit Alex. Si on peut décaler nos vols, je serai ravie de rester une nuit de plus.

— Parfait ! » beugla Genny, et Alex ne put réprimer son sourire en voyant le grand sourire indulgent sur le visage de Cameron. Une sensation de chaleur s'installa dans le ventre d'Alex en observant Cameron et sa famille, la manière dont ils interagissaient. C'était exactement ce qu'elle espérait un jour avoir pour ses propres enfants. Si seulement elle n'avait pas jeté son dévolu sur le seul homme qui ne serait probablement jamais assez loyal pour lui offrir ça...

Avec un soupir, Alex reporta péniblement son attention sur Genny et Gavin, et accepta de faire une partie de dominos avant d'aller se coucher. Mais ses sombres pensées restèrent accrochées à elle pendant toute la partie, refusant de la laisser se détendre. Avait-elle commis une terrible erreur en acceptant de faire tout ça avec Cameron ?

7

Alex regarda sa montre, et fut surprise de constater qu'il était presque dix heures du soir. Elle bâilla et fit craquer sa nuque, en réponse à quoi Genny se pencha pour donner une tape sur le bras de Cameron.

« Tu la fais veiller trop tard ! le réprimanda Genny.

— Oh, non ! » protesta Alex dans un autre bâillement. « J'ai l'habitude de veiller tard. C'est juste qu'on s'est levés vraiment tôt aujourd'hui.

« Ouais, apparemment, il y en a qui doivent être à la porte quelque chose comme trois heures avant l'embarquement, » dit Cameron en décochant un regard à Alex.

« On ne sait jamais ce qui peut arriver à l'aéroport, rétorqua Alex.

— En tout cas, ils n'avancent jamais l'horaire des vols, » dit Cameron en levant les yeux au ciel. Il soupira lorsque Genny lui donna une nouvelle tape, le réprimandant afin qu'il se montre plus gentil envers sa future partenaire. « Oui, oui, d'accord. Bon sang. Viens, Alex. Je vais te montrer le reste de la maison. »

Alex vit Genny et Josiah prendre place ensemble sur l'un

des canapés rembourrés, Genny penchant la tête vers celle de son partenaire et lui murmurant quelque chose.

« Elle est très contente que tu sois là, » dit Cameron doucement en prenant Alex par le bras pour l'entraîner vers l'arrière de la maison. Il l'entraîna dans un large couloir qui ne comprenait pas moins d'une douzaine de portes, dont une large paire de doubles portes sur la gauche.

« La chambre de M'man et P'pa, c'est la première, » dit Cameron en désignant la plus proche, sur la droite. « Les deux portes, là, ce sont la salle de conférence et la bibliothèque. Je doute que tu en aies besoin, mais ne te gêne pas pour explorer. On dort toujours tous dans les mêmes chambres, bien que ma mère les ait un peu réarrangées. »

Les quatre portes suivantes sur la droite étaient apparemment celles de Finn, Noah, Luke et Gavin, respectivement.

« Et là, c'est moi, » dit Cameron en allongeant le bras devant Alex pour pousser la porte. La chambre était plutôt simple, un lit queen-size et des meubles assortis, le tout en noir et blanc. Il y avait deux affiches de films d'action sur le mur, et un énorme bureau posé en face d'une large baie vitrée, surmonté d'un ordinateur de bureau d'aspect vieillot.

Alex remarqua que sa valise était posée sur un fauteuil à dossier droit, et que celle de Cameron était par terre, juste à côté.

« Où est-ce que je vais dormir ? » demanda-t-elle, perplexe.

« Ici, » dit Cameron en s'asseyant sur le lit avec un soupir.

« Mhm... et où est-ce que tu vas dormir ? » dit-elle, même si elle connaissait déjà la réponse.

« Ici aussi. On va être accouplés, tu te souviens ? Pourquoi est-ce que ma mère nous mettrait dans des chambres séparées ? » demanda-t-il, l'air soudain épuisé.

« Je pensais... j'espérais, peut-être, que tes parents seraient du genre à insister pour qu'on dorme dans des chambres séparées avant le mariage, » dit Alex en portant sa main à son front.

« Quoi ? — Ça se fait, ça ? » demanda Cameron, l'air incertain.

« Ça se fait chez mes parents. Je n'ai jamais partagé ma chambre avec qui que ce soit là-bas, pas même avec mes copines quand elles venaient dormir à la maison, » lui dit Alex. Cameron haussa les épaules.

« Les Berserkers ne font pas ça. En fait, ils espèrent tous plutôt qu'on va sauter au lit ensemble et s'accoupler comme ça, d'une manière ou d'une autre. Ceci dit, ça me plairait bien d'entendre quelques-unes de ces histoires de soirées pyjamas entre filles... »

Alex leva les yeux, aperçut son expression malicieuse et salace, et poussa un grognement.

« Tu peux toujours rêver. Où est la salle de bain ? Je veux me préparer pour aller au lit, dit-elle. Je suis vraiment épuisée, curieusement.

— Celle que je partageais avec Wyatt est de l'autre côté du couloir. Je ne crois pas qu'il soit à la maison, mais tu devrais peut-être fermer la porte à clé, au cas où, » suggéra Cameron. Il se leva et retira son t-shirt sans hésiter, laissant Alex bouche bée devant son torse lisse et musclé et les épais tatouages noirs qui dominaient ses bras, ses épaules et ses flancs. Il était tout en abdos, en pecs et en muscles dont elle ignorait le nom, qui se contractaient lorsqu'il baissait les bras. Et ces tatouages... ils étaient la tentation même. Elle n'était jamais vraiment sortie avec quiconque qui en ait autant, et les tatouages de Cam la décontenançaient tout autant qu'ils l'excitaient.

« Tu vas te mettre à baver ? » demanda-t-il, pince-sans-rire.

« La ferme, » siffla Alex, le visage en feu, en se retournant pour se précipiter vers sa valise. Elle l'ouvrit et en sortit soigneusement son pyjama d'été le moins sexy, un ensemble de coton à rayures bleues et blanches qui faisait grand-père à souhait. S'il avait fait un peu plus frais, Alex aurait emporté quelques-uns des ensembles de flanelle merveilleusement miteux qu'elle gardait précieusement depuis la fac. Les dents serrées, Alex attrapa sa trousse de toilette et se la fourra sous le bras.

Sans un coup d'œil en arrière vers Cameron et son ventre incroyablement plat, Alex courut pratiquement jusqu'à la salle de bain. Lorsqu'elle eut fermé la porte derrière elle, et se fut ainsi éloignée de Cameron, elle souffla profondément.

« Tout va bien, se dit-elle. Parfaitement bien. »

Elle se démaquilla et se brossa les dents, puis releva ses longs cheveux en un chignon négligé. Après s'être changée, elle jeta un coup d'œil au miroir et blêmit. Cameron ne l'avait pas encore vue sans maquillage, réalisa-t-elle. Non qu'elle fût hideuse ni rien de ce genre, mais le fait de se laisser voir par un mec sans maquillage était d'ordinaire un moment vraiment intime. C'était simplement... plus révélateur qu'être vue nue, d'une certaine manière. En fait, seuls deux de ses anciens petits-amis l'avaient vue au naturel.

« Eh bien, si tu voulais faire en sorte qu'il reste de son côté du lit, c'est réussi, » dit-elle à son reflet. De ses doigts, elle tâta les cernes sous ses yeux. Mais il n'y avait rien à faire pour ça. « File au pieu, pauvre conne, t'es crevée. »

Souriant à cause de ses propres encouragements, elle

ferma sa trousse de toilette, la posa sur une étagère à côté du lavabo, et entreprit de quitter la salle de bain. Elle s'arrêta net lorsque sa main toucha la poignée, rebroussa chemin jusqu'à se retrouver à nouveau devant sa trousse de toilette, puis ouvrit celle-ci. Elle sortit la petite boîte plate en plastique rose de sa pilule, l'ouvrit et la regarda longuement. Elle ne l'avait pas prise ce matin, dans toute cette précipitation pour aller à l'aéroport.

« Tu es une imbécile, » se dit-elle en secouant la tête. « Trop risqué, ma vieille. Tu veux un bébé ? Non. Alors tu prends ta pilule... »

Elle sortit la pilule de son emballage et l'avala à sec, puis ouvrit le robinet et la fit descendre en buvant un peu d'eau dans sa main. Ainsi soulagée, elle remit tout ensemble et s'obligea à retourner dans la chambre de Cameron.

Elle s'arrêta et inspira profondément. L'odeur de Cameron était si présente dans la pièce que c'en était déconcertant. Masculine et puissante, avec une forte odeur de terre. Cameron avait éteint les plafonniers pour allumer à la place une lampe sur la table de chevet, et il était assis dans le lit et lisait un livre de poche qui paraissait avoir souffert en l'attendant, semblait-il. Il avait même ouvert son côté du lit, ce qui fit apparaitre sur les lèvres d'Alex l'ébauche d'un sourire.

« J'ai cru que j'allais devoir envoyer une équipe de secours ou un truc comme ça, » dit Cameron sans lever les yeux de son livre.

« J'ai survécu, » dit Alex d'un ton dramatique en ignorant la magnificence du torse nu de Cameron tandis qu'elle se glissait dans son côté du lit.

« Sympa, la tenue. J'arrive pas à croire que tu te sois changée dans la salle de bain, » dit Cameron en levant enfin les yeux vers elle. « Je t'ai déjà vue toute nue, tu te rappelles ?

— Ouais, enfin. Si tes souvenirs de cette nuit-là ressemblent un tant soit peu aux miens, ils sont flous, au mieux, » dit Alex, sur la défensive.

« J'ai l'intention de les rafraîchir dès que j'en aurai l'occasion, » lui dit Cameron de but en blanc.

« Reste de ton côté du lit, cow-boy, » dit Alex, la mine revêche. Elle commit l'erreur de regarder Cameron, puis son corps sculpté, avant de ramener de force son regard sur ses propres genoux.

« Qu'est-ce que tu disais tout à l'heure ? Tu peux toujours rêver, dit Cameron.

— Tu ne peux pas... faire tout ce qui te chante, comme ça, » dit Alex en déglutissant. Elle avait à nouveau la bouche sèche, et se dit qu'elle aurait dût apporter un verre d'eau au lit.

« Je crois qu'il s'agit plutôt de ce qu'on veut tous les deux, Alexandra, » rectifia-t-il.

Elle leva brusquement les yeux vers les siens, fulminant en l'entendant utiliser son nom complet.

« Je — » commença-t-elle, même si elle ne savait pas quoi dire. Cameron lui sauva la mise en comblant la distance entre eux en un battement de cœur, effleurant ses lèvres des siennes. Le contact fut infime, sciemment tentateur, mais Alex frémit néanmoins. Ce qu'il faisait à son corps, elle ne le comprendrait jamais.

Cependant, au lieu de résister, au lieu de formuler l'exclamation choquée qui s'imposaient désespérément, ses lèvres suivirent celles de Cameron lorsqu'il recula légèrement. Un son traître se forma dans sa gorge, une sorte de gémissement haletant qui lui échappa sans qu'Alex l'eût permis le moins du monde. Elle sentit les lèvres de Cameron s'incurver contre les siennes, sut qu'il riait, mais fut néanmoins incapable de s'arrêter.

Sa langue sortit pour goûter ses lèvres, son corps se tourna vers le sien, sa main vint se cramponner à son épaule nue. Cameron veillait à ce que son baiser reste léger, la rendant encore plus avide alors même qu'elle aurait dû le repousser. Lorsqu'il leva la main et que ses doigts se glissèrent dans son chignon en bataille, l'attirant à lui, elle connut un instant de pur désir.

Ça pourrait être si facile. Ils allaient être accouplés, après tout. Leur lien serait éternel, quoique superficiel. Elle pouvait bien en profiter un peu si elle en avait envie, pas vrai ?

Alex laissa Cam lui pencher la tête en arrière, dévoilant sa gorge et passant ses lèvres le long de sa colonne exposée. Elle entendit le halètement plaintif qui s'échappa de ses lèvres, et s'en moqua comme d'une guigne. Lorsqu'il mordilla la base de sa gorge, et effleura de son nez le côté de son cou, elle fut prête à lui donner tout ce qu'il voulait. C'était aussi simple que ça, après tout.

Elle remua contre lui, se tordit, se tendit pour le toucher. Sa main chercha son bras, sa hanche peut-être, mais à la place, Cam se pencha en avant, lui faisant perdre l'équilibre. Sa main plongea droit vers ses cuisses, la couverture déjà écartée, et atterrit sur la base épaisse de son érection certes impressionnante.

Il sursauta lorsque Alex poussa un petit cri stupéfait et ouvrit de grands yeux, figée sur place. Son regard horrifié descendit, descendit... et tomba sur sa main, dont les doigts étaient repliés autour de la queue la plus grosse qu'elle ait jamais vue, que ce fut en réalité, dans un porno ou dans une parodie.

« Nom de Dieu ! » glapit-elle en retirant vivement sa main. Arrachant son regard à son entrejambe, elle le foudroya d'un regard ardent. « T'es à poil ! »

Alex attrapa l'édredon et le tira brusquement pour se couvrir jusqu'au nombril.

« Bah, ouais, » dit-il en lui lançant un drôle de regard. « Je ne dors pas en pyjama comme les vieux. Je suis normal.

— Tu ne peux pas— » dit Alex, puis elle s'interrompit. « Hé ! Reste de ton côté du lit, tu veux bien !

— Et pourquoi est-ce que je devrais faire ça ? Je trouve que tu t'en sortais très bien, » dit Cameron avec un large sourire. « Admets-le, Alex. Tu as tellement envie de me baiser à nouveau que tu as du mal à le supporter.

— C'est pas... Non, c'est pas vrai, » dit Alex en évitant complètement son regard.

« Menteuse, » dit-il d'un ton provocateur. Il tendit la main et passa lentement le bout d'un doigt calleux le long de sa clavicule exposée, la faisant frissonner. « Tu as autant envie de moi que moi de toi. Peut-être même encore plus.

— Tu te trompes, » lui dit Alex en croisant les bras. « Arrête de me toucher, Cameron. Je ne plaisante pas.

— Quelle menteuse, » murmura-t-il en glissant son doigt dans le col de son pyjama pour dénuder son épaule. Elle tenta de se dégager, mais il parvint à déposer un baiser chaud et humide sur son épaule. Elle sentit nettement sa langue effleurer brièvement sa peau, et ses mamelons durcirent au point de devenir douloureux.

« Cameron, » dit-elle en se retournant pour le regarder dans les yeux tandis qu'elle le repoussait. « Ce n'est pas ce que je veux. Le sexe, ce n'est pas un jeu pour moi. »

Un nuage sombre passa brièvement sur les traits de Cameron, de la confusion, peut-être.

« Qui a dit que c'était un jeu ? demanda-t-il.

« Tu ne peux même pas t'en empêcher, je le vois bien, » dit Alex en se dégageant de son étreinte. « T'es qu'un beau parleur, tu taquines, tu cajoles, mais il s'agit d'un partenariat pour des raisons politiques, pas d'une espèce de... J'en sais rien, en fait. Tu te sers de moi, et je me sers de toi. Tout ça, c'est bien joli, mais je ne veux pas être qu'un nom de plus sur ton tableau de chasse, d'accord ? »

Cameron la regarda d'un air incrédule.

« Très bien, deux choses. Premièrement, tu tires beaucoup de conclusions hâtives, là. On est attirés l'un par l'autre, on va être accouplés ensemble. Je n'ai littéralement aucune autre raison de te faire des avances, » dit-il sans cacher sa colère qui s'amplifiait à vue d'œil. Alex ne l'avait jamais vu en colère auparavant, encore un petit rappel du fait qu'elle le connaissait à peine. Il pouvait tout aussi bien avoir des tendances meurtrières, pour autant qu'elle sache. Elle faisait le bon choix, c'était indiscutable.

« Et la deuxième ? » le défia-t-elle tout en le regardant de haut.

« Deuxièmement, tu as vraiment la mémoire courte. Si j'avais un tableau de chasse, tu serais déjà dessus, » dit-il.

Alex resta bouche bée.

« T'es vraiment un connard ! » s'emporta-t-elle, attrapant son oreiller pour le lui flanquer en plein visage.

« Hé là ! » dit-il en levant les mains.

« Je vais dormir dans le salon, » dit-elle en faisant mine de se lever.

« Mes parents sont probablement en train de regarder un film. Vas-y, incruste-toi entre eux, ne te gêne pas, » dit Cameron en haussant un sourcil.

Alex se figea, sa fureur palpitant dans ses veines. Comment osait-il lui dire qu'elle figurait sur son tableau de chasse, pour ensuite la contraindre à dormir à côté de lui ?

« Très bien, » dit-elle, les dents serrées. « Dans ce cas, je vais dormir. Si tu me touches, je te pète tous les doigts. On verra si tu as toujours envie de jouer après ça. »

Ignorant le soupir incrédule de Cameron, Alex se coucha et fourra l'oreiller sous sa tête, puis se retourna de manière à ne pas devoir le regarder. Elle resta allongée là, bouillonnante, même après que la lumière fut éteinte, même lorsque l'air fut rempli de son souffle lent et profond, dont le rythme régulier berçait ses sens.

Des heures, des jours ou des années plus tard, Alex s'assoupit enfin, encore furieuse au-delà de toute mesure.

8

Après un petit-déjeuner silencieux en compagnie de ses parents, Cam s'installa dans un fauteuil à bascule sur le perron pour boire un café et ruminer tout en admirant la vue grandiose du Chalet. Alex n'avait même pas remué lorsqu'il s'était réveillé ce matin-là, bien que ses bras et ses jambes soient entremêlés autour de son corps tandis qu'elle s'accrochait à lui dans son sommeil. Il s'était glissé hors de son étreinte et hors du lit, la laissant faire la grasse matinée. Les heures s'étirèrent, et il était presque midi lorsqu'elle fit son apparition.

La porte d'entrée s'ouvrit, et, en tournant la tête, Cam vit Alex qui sortait sur le perron. Elle était pieds nus, vêtue d'un t-shirt et d'un pantalon de yoga, et ses cheveux en désordre avaient quelque chose de sexy. Elle semblait effectivement porter un peu de maquillage, se dit-il, mais en dehors de ça, elle avait une allure décontractée qu'il admirait. D'ordinaire, Alex était si impeccable, comme si elle pouvait tenir le monde entier en respect avec suffisamment de rouge à lèvres et une robe à froufrous.

« Salut, » dit-elle lorsqu'elle le repéra.

« Salut toi-même. Je vois que tu as trouvé le café, » dit-il, tandis que les coins de sa bouche se soulevaient.

« J'ai un radar à café intégré. C'est essentiel à ma survie, » plaisanta-t-elle tout en venant prendre le fauteuil à bascule à côté du sien. Elle posa sa tasse de café fumante sur la table basse entre leurs fauteuils, replia ses jambes et se balança avec un sourire ravi. Elle avait également un petit tas de pages imprimées qu'elle posa à l'envers sur la table.

« Moi non plus, je ne peux pas entamer ma journée sans café, dit Cam. Et je n'en ai pas envie non plus.

— Bon sang, c'est vraiment joli, ici, » dit Alex en admirant les collines qui ondulaient doucement avec son regard cobalt perçant. Lorsqu'elle se tourna et le transperça de son regard, Cam réprima carrément un frisson. « Où sont tes parents ?

— M'man a demandé à P'pa de l'emmener à Billings pour la journée. Il lui fallait des trucs pour la fête de demain, et elle voulait quelqu'un pour porter tous les sacs de courses. Je crois que Gavin et Faith y sont allés aussi. »

Alex hocha la tête, et reporta son attention sur le paysage tout en sirotant son café.

« Je n'imagine pas ce que ce doit être de pouvoir grandir dans un endroit comme celui-ci, » dit-elle d'un ton mélancolique. « Une grande maison, une grande famille, de grands espaces. T'as vraiment du bol, tu sais ? »

Cam fut frappé par le ton féroce de ses paroles, qui frôlait presque la colère.

« Tu as grandi en ville, à Philadelphie, pas vrai ? » demanda-t-il, curieux. « Ça n'a pas l'air trop mal.

— C'est pas mal du tout. Mais c'est très différent.

— Pas de frères et sœurs ?

— Non. Ma mère, enfin, ma mère adoptive, ne pouvait pas

avoir d'enfants. Et ils n'ont jamais parlé non plus d'adopter un autre gosse. Mes parents étaient trop occupés, je crois. Je n'ai jamais manqué de rien, mais ils n'étaient pas très présents.

— Ouais, j'imagine qu'en étant médecins, ils devaient avoir des emplois du temps chargés. M'man est restée à la maison avec nous. Garder six garçons sur le droit chemin, ça demande pas mal de temps.

— C'est ça que j'aimerais faire, à terme, » dit Alex, prenant Cam par surprise. « Je veux dire, je travaillerais quand même de chez moi, mais je voudrais être présente pour mes gosses. Participer à toutes leurs activités scolaires, et tout ça.

— C'est vrai ? Je n'en savais rien, » dit Cam en se tournant vers elle pour la jauger.

« J'imagine qu'il y a encore tout un tas de choses dont il faut qu'on parle, » dit-elle avec un soupir. « En fait, c'est pour ça que je suis venue jusqu'ici. J'ai un document à te montrer. »

Elle saisit une liasse de papiers et la tendit à Cam pour qu'il l'examine. Une autre surprise, semblait-il ; Alex lui avait donné un contrat. Il feuilleta les pages, et y trouva une vue d'ensemble très scrupuleusement détaillée de ses attentes matrimoniales et financières. Tout était juste et équitable, et protégeait leurs intérêts à tous les deux, mais Cam se sentit consterné.

« Je ne sais pas quoi dire de ça, lui dit-il. Je veux dire, la partie financière paraît convenable. On conserve tous les deux la gestion de nos avoirs et de nos revenus, on finance à part égale tout ce qu'on possède en commun...

— J'ai demandé à mon avocat de rédiger ça, et de se montrer très juste.

— Cette partie-là, sous les obligations matrimoniales...

Ça dit de "veiller à ce que les liaisons extraconjugales restent privées et discrètes".

— Oui, affirma Alex.

— Pourquoi est-ce que tu as mis ça là ? » demanda Cam, perplexe.

« Parce que c'est ce que je veux. Les amis les plus proches de mes parents étaient un couple que je connaissais bien. Il l'a trompée, elle l'a appris et ça a tout gâché entre eux. Je n'aimerais pas traverser ça, quel que soit notre accord.

— Notre accord, répéta Cam.

— Oui, » dit à nouveau Alex en tournant la tête pour dissimuler son expression.

« Alex, regarde-moi, » exigea Cam. Elle se tourna vers lui, avec une pointe d'amertume dans le regard.

« J'essaie seulement de me protéger, dit-elle.

— Je ne crois pas que tu comprennes vraiment ce qui se passe, là. Il y a toute une partie de ce contrat qui parle de "dissolution du mariage".

— Ouais. Il y a ça dans tous les accords prénuptiaux, » dit-elle en remuant sur son siège.

« Il n'y a pas de "dissolution" qui tienne entre deux partenaires. Il n'y a qu'un homme et une femme, pour toujours. Toutes ces histoires de liaisons et de divorce... Ça ne fait jamais partie du contrat. Quand on aura eu notre cérémonie, ce sera tout. Toi et moi et notre famille, personne d'autre, expliqua Cam.

— Je ne te contraindrais pas à ça. Je croyais que j'avais été claire sur ce point, » dit Alex en baissant les yeux.

« C'est peut-être moi qui n'ai pas été clair. Une fois qu'on fera tout ça, on le fera vraiment. Sinon, je ne serais pas en train de te faire la cour ou d'essayer de te séduire.

— Cameron— commença-t-elle.

— Cam. Tu vas devenir ma partenaire, appelle-moi Cam, insista-t-il.

— Cam, alors. On a convenu de cet accord pour servir nos intérêts. Et peut-être qu'à terme, ça pourrait devenir autre chose. On est attirés l'un par l'autre, et on dirait qu'on veut les mêmes choses en matière de famille, » dit-elle en rougissant légèrement. « Mais pour l'instant, c'est seulement... ce que c'est.

— Je ne peux pas signer ça, » dit Cam en posant le contrat. « Ce n'est pas ce en quoi je crois.

— Il nous faut une trace écrite. C'est juste... ce qui se fait.

— Pas chez les Berserkers, » dit Cam. Il regarda au loin, l'esprit en ébullition. Il savait qu'Alex était quelqu'un de très pragmatique, mais là, elle allait trop loin. Avait-elle vraiment si peu foi en lui ? D'un autre côté, ils n'avaient pas passé suffisamment de temps ensemble pour qu'elle le connaisse au-delà des apparences.

Le silence régna entre eux pendant un moment, tous deux buvant leur café à petites gorgées en se balançant dans leurs fauteuils, pris au piège dans leurs propres pensées.

« Enlève les clauses matrimoniales, et je le signerai, » dit Cam au bout d'un moment. « S'il te faut une trace écrite, je peux signer le reste. »

Alex le regarda d'un air grave, puis hocha la tête.

« Très bien. Vous avez une imprimante ici ? Je peux demander à mon avocat de m'envoyer un nouveau contrat par e-mail demain.

— Ouais. Mon père a tout ce qu'il faut dans son bureau. Ça ne devrait pas poser de problème, » lui dit Cam.

Alex pinça les lèvres et plongea son regard dans sa tasse de café. Elle semblait ne pas savoir comment poursuivre, aussi Cam décida-t-il d'égayer un peu l'atmosphère.

« Hé, on devrait aller faire un tour tout à l'heure. Lâcher nos ours ensemble. C'est magnifique ici la nuit, y'a des tas d'étoiles. Je crois que la lune est presque pleine, en plus. Je connais un chouette coin d'où on pourra regarder la pluie de météorites, » suggéra Cam.

Alex se tourna vers lui avec un soupçon de sourire.

« Ça me plairait bien, » dit-elle.

Ils restèrent ainsi assis jusqu'au coucher du soleil, ne se levant que pour remplir leurs tasses de café et réchauffer un plat de lasagnes de M'man pour le dîner. Ils parlèrent encore un peu de l'avenir, évitant les sujets des contrats et de l'accouplement, chacun appréciant simplement la compagnie de l'autre. Alex lui parla de ses loisirs, lui dit qu'elle aimait la randonnée de jour et la photographie, et qu'elle développait même ses photographies elle-même dans la chambre noire d'un ami. Cam lui confia qu'il passait son temps libre à faire du sport et à explorer la vie nocturne de Chicago, à tester les nouveaux bars et restaurants, à assister à des concerts d'auteurs-compositeurs locaux.

Alex lui en dit un peu plus sur sa famille et son adoption, et même un peu sur la kyrielle de familles d'accueil où elle avait été placée avant que les Hansard ne l'adoptent. Lorsqu'elle lui dit qu'Alfred England était au courant de son existence depuis sa naissance et l'avait quand même laissée dépérir en foyer d'accueil, l'amertume dans sa voix transforma l'estomac de Cam en plomb en fusion. Ses poings se serrèrent en imaginant à quel point les choses auraient pu être différentes pour Alex si son Alpha de père n'avait pas été un tel enfoiré.

La révélation d'Alex qui le choqua le plus fut le fait qu'elle n'avait commencé à se métamorphoser régulièrement que récemment, puisque, d'une manière ou d'une autre, elle avait toujours caché son côté Berserker à ses amis et à ses parents d'accueil. Cam était atterré, car il ne pouvait imaginer une vie dans laquelle il ne se métamorphoserait pas pour courir librement régulièrement ; l'ours en lui était la moitié de sa fichue personnalité, en ce qui le concernait.

Alex quitta Cam en milieu de soirée pour faire un somme, et Cam s'aperçut qu'il était content d'être seul. Il passa en revue les nombreuses questions auxquelles ils devaient encore s'attaquer, en s'efforçant de déterminer la meilleure approche à avoir à partir de là. Après mûre réflexion, il décréta qu'il devrait courtiser un peu plus Alex, essayer de lui présenter certaines de ses meilleures qualités afin qu'elle puisse le voir sous un meilleur jour.

Bien qu'il fût franchement attiré par son corps et sa personnalité, il ne voulait pas s'engager dans quelque chose d'aussi sérieux que l'accouplement si elle n'éprouvait pas la même chose à son égard. Il la laisserait appeler leur relation naissante comme elle voudrait, mais il n'irait pas jusqu'au bout à moins d'être sûr de pouvoir la rendre heureuse sur le long terme.

À dix heures pile, il fourra une couverture, quelques vêtements, une bouteille de vin et un en-cas léger dans un panier de pique-nique. Il fit à pied le court chemin jusqu'à un endroit que sa famille appelait le *promontoire*, trouvant aisément son chemin après toute une vie de visites. L'endroit n'était qu'à quinze minutes de marche de la maison, un promontoire naturel créé par une saillie rocheuse qui fournissait une vue vaste et époustouflante du ciel nocturne étincelant du Montana.

Il revint à la maison, et trouva en entrant Alex qui l'attendait, l'air perplexe.

« Oh, te voilà, » dit-elle, manifestement soulagée. « Je t'ai cherché partout, et j'ai fini par en déduire que tu étais mort. »

Cam gloussa et secoua la tête.

« Non. Je préparais seulement notre rendez-vous nocturne, » dit-il.

Les lèvres d'Alex tressaillirent, et elle l'observa avec curiosité.

« Alors c'est l'heure ? » demanda-t-elle en consultant sa montre-bracelet, toujours présente.

« Ouaip. Et tu devrais laisser cette montre ici, avec tes vêtements, » dit-il.

Alex haussa un sourcil, et le sourire de Cam, tout en s'agrandissant, prit une dimension malicieuse.

« Je ne suis pas sûre d'approuver ce plan, bien que je n'en connaisse pas les détails, dit-elle.

— Tu t'inquiètes trop. Sortons et transformons-nous. J'ai envie de courir un peu avant la pluie de météorites, » dit-il en lui faisant signe de sortir. Alex exigea qu'ils se tournent le dos tandis qu'ils retiraient leurs vêtements et se métamorphosaient, et Cam se demanda ce qui la gênait le plus, qu'il la vît nue ou qu'il la vît se transformer. De son propre aveu, elle ne se métamorphosait pas souvent, et il semblait peu probable qu'elle le fît habituellement devant d'autres personnes.

Lorsque, sa métamorphose achevée, il se retourna face à elle, il eut le souffle coupé. Elle était une splendide ourse brune à la robe étincelante, dont la couleur châtain sur la tête, le dos et le poitrail devenait plus foncée vers les pattes. Cam lui laissa un instant pour admirer son imposante silhouette de Grizzly avant de souffler bruyamment, reniflant et donnant un petit coup de museau sur sa patte arrière pour l'inciter à le suivre.

Cam imposa un rythme tranquille, déambulant le long d'une courbe d'un kilomètre et demi qui contournait le Chalet et les rapprochait du promontoire. Alex le suivit sans la moindre difficulté, même lorsqu'il piqua un sprint sur les quatre cents derniers mètres. Il fut surpris de sa vitesse et de son endurance, car il imaginait mal l'élégante Alex, dont jamais un cheveu ne dépassait, suer comme une plébéienne à la salle de sport, mais elle était indiscutablement en forme. Son apparente classe naturelle devait demander plus d'efforts qu'elle ne le montrait.

Une fois qu'ils eurent gravi les derniers pas menant au promontoire, Cam se métamorphosa le premier, ne voyant aucune objection à ce qu'Alex pût avoir un bel aperçu de son corps nu. Il travaillait dur pour l'avoir, tout comme elle pour avoir son style, et il appréciait toujours d'être admiré par une femme splendide. Le mot était faible pour décrire Alex, en plus.

Il s'agenouilla à côté du panier de pique-nique et en sortit deux t-shirts et deux pantalons de pyjamas, dont l'un qu'il avait barboté dans sa valise pendant qu'elle était sous la douche. Il enfila d'abord un pantalon de flanelle douce, puis revint sur ses pas pour lui tendre ses vêtements. Il lui adressa un clin d'œil, sans manquer de noter le regard brûlant qu'elle posait sur son torse nu.

Cam lui tourna le dos pour lui laisser un peu d'intimité, et retourna au panier de pique-nique pour mettre son propre t-shirt et étaler l'épaisse couverture de laine qu'il avait apportée. Alex s'avança sur la couverture un instant plus tard, les lèvres incurvées en un sourire.

« C'est ça, notre rencard, alors ? demanda-t-elle.

— En effet. J'espère que tu ne t'attendais pas à quelque chose de plus chic, » dit-il avec un large sourire.

« C'est très romantique, Cam, » dit-elle d'un ton un peu surpris.

« Hé. Ça m'arrive d'être charmant, se défendit-il.

— Oh, je n'en doute pas, » dit-elle, et son sourire se fana légèrement.

« Nom de Dieu. Tu es la seule fille que j'amènerais jamais ici. Fais-moi un peu confiance, d'accord ? » Cam secoua la tête devant la ferme conviction avec laquelle elle croyait qu'il jouait avec elle comme elle semblait penser qu'il l'avait fait avec tant d'autres.

« Désolée, » dit-elle, mais son haussement d'épaules indiquait que son opinion n'avait absolument pas changé.

Bon sang. Cam avait espéré la séduire ce soir, la dénuder à la lueur des étoiles, mais il savait désormais qu'il devait encore y aller doucement. Apparemment, sa réputation continuait de le précéder, et il fallait qu'il montre à Alex qu'il n'était pas un coureur de jupons. S'il était honnête envers lui-même, sa réputation était méritée, au moins un peu.

« Très bien. Voyons un peu ce qu'on a là. Viens t'asseoir à côté de moi, » la pressa-t-il. Il sortit deux bouteilles du panier de pique-nique, des gobelets de plastique transparent, et un assortiment de viandes, de fromages, de tranches de pain découpées en triangles et autres mets délicats qu'il avait déposés sur une planche à découper en bois.

« Dis donc, c'est chic, ça ! » dit Alex, retrouvant son sourire.

« Bah, je ne peux pas servir un repas à quatre plats ici, loin de tout, mais je me suis dit que des en-cas étaient toujours bienvenus pour un rencard. J'ai aussi apporté une bouteille de vin et une bouteille de jus de pomme pétillant.

— Du jus de pomme, hein ? » dit Alex en lui lançant un regard curieux.

« J'ai remarqué que tu n'avais pas beaucoup aimé le vin rouge au dîner hier soir, et je n'ai pas de blanc correct à te proposer. Mon père déteste le vin, et en règle générale, il refuse d'en avoir à la maison.

— Ah, je vois. Eh bien, buvons un peu de jus de pomme. Ça a l'air d'être le grand luxe, » dit-elle, amusée.

Cam ouvrit la bouteille et versa son contenu dans leurs verres, puis entrechoqua doucement leurs verres avant qu'ils n'en boivent une gorgée.

« Voyons. Il y a du jambon cru, de la coppa, de la mortadelle, » dit-il en désignant chaque article sur la planche à découper. « Et puis du fromage de chèvre, du brie, une espèce de vieux cheddar, de la confiture de figues, des olives, et ces légumes au vinaigre bizarres que fait ma mère.

— On dirait de la giardiniera, dit Alex.

— Ouais, ça doit être ça. J'ignore complètement comment tu sais ce que c'est, » dit Cam avec un petit rire.

« Ils en mettent dans les sandwiches italiens au bœuf. La question, c'est, comment tu fais pour vivre à Chicago sans savoir ça ?

— Beurk, ces trucs ont toujours l'air dégueulasse. Les gens doivent genre, manger par-dessus le comptoir en penchant leur corps en avant pour ne pas se retrouver couverts de jus de sandwich. C'est tout sauf élégant. »

Alex rejeta la tête en arrière et éclata de rire.

« Seigneur, on va rectifier ça en rentrant à Chicago. Tu n'auras qu'à porter un t-shirt et un jean, et foncer dans le tas, » dit-elle, ses grands yeux bleu marine étincelants de gaieté.

« Ouais, bah pour l'instant... » dit Cam en levant les yeux au ciel avant d'empiler de la viande et du fromage sur un triangle de pain.

« Mmmm, dit Alex. Ce fromage de chèvre est incroyable.

— Ouais, bah tu ne vas pas croire ça non plus, mais il vient de chez les voisins, » dit Cam.

Ils grignotèrent pendant quelques minutes en échangeant des taquineries, puis Alex vit la première étoile filante.

« Oh mon Dieu ! » glapit-elle, le doigt tendu. « Regarde, regarde ! Oh, en voilà une autre ! »

Cam hocha la tête et but une gorgée de son jus pétillant, tout en regardant les étoiles jaillir et traverser en hurlant le ciel obscurci.

« Comme elles sont belles, » murmura Alex en levant la tête tout en se penchant en arrière pour les regarder. Sa chevelure d'un roux flamboyant tombait en vagues denses sur ses épaules et le long de son dos, la colonne pâle de sa gorge exposée. Sa position faisait remonter ses seins incroyables, et lorsque Cam parvint à détacher son regard de sa poitrine, il fut à nouveau pris au piège de ses lèvres roses et pulpeuses.

Chaque centimètre d'Alex était incroyable, proportionné à la perfection, et Cam dut changer de position pour dissimuler son érection croissante. Son souvenir de leur première nuit ensemble était flou, et il souhaitait par-dessus tout la redécouvrir, écarter les minces couches de vêtements qu'elle portait pour toucher et goûter sa peau laiteuse et chaude.

« Tu ne regardes même pas le ciel, » dit Alex, l'arrachant brusquement à sa rêverie.

Cam sourit, pris la main dans le sac.

« C'est pas ma faute si t'as une silhouette de... » Il agita la main pour désigner son corps tout entier. « Putain, regarde-toi, Alex. »

Elle rougit et leva les yeux au ciel, mais il se dit qu'elle avait apprécié son compliment. Du coup, il se demanda si elle aimait qu'on lui dise des cochonneries. Citadine et sophistiquée comme elle l'était, Cam était prêt à parier que oui. Elle lui plaisait ainsi, décontractée et un peu ébouriffée et il ne l'en désirait que davantage. Il avait envie de la baiser, bien sûr, mais il avait également envie de la taquiner, de la dominer. Dompter Alex serait impossible, mais il pouvait l'attraper pour quelques instants, refermer doucement ses mains autour de son âme éclatante et la faire sienne.

Il tendit la main, et écarta les cheveux d'Alex de son visage et de son cou.

« Alex, sérieusement. Tu es vraiment magnifique, » dit-il.

Ses lèvres s'incurvèrent à nouveau, et Cam ne put résister à l'envie de se pencher vers elle et d'effleurer de ses lèvres le coin de sa bouche. Alex eut brièvement le souffle coupé, et elle se pencha un peu plus vers lui, ses seins effleurant le bras de Cam. Elle ne portait rien sous son t-shirt, et il sentait la douce chaleur de son sein à travers le tissu fin.

Avant même de se rendre compte de ce qu'il était en train de faire, Cam avait attiré Alex sur ses genoux dans un enchevêtrement de membres. Il s'empara de sa bouche, ses lèvres remuant contre celles d'Alex jusqu'à ce qu'elle s'ouvre pour lui, et que la langue de Cam envahisse sa douceur. Il saisit une mèche de ses longs cheveux dans son poing et la tira doucement, lui indiquant qu'il avait le contrôle. Il lui mordilla la lèvre inférieure tandis que sa main libre se posait sur son sein, le soulevant et le soupesant, posée en coupe sur ce globe succulent. Il vit son mamelon durcir et se dresser, ce qui le fit saliver.

Alex haleta, laissant Cam tirer sa tête en arrière de manière à lui cambrer l'échine, faisant remonter ces seins magnifiques vers son visage. Il lâcha ses cheveux pour saisir et soulever ses deux seins, et porter un mamelon durci à sa bouche. Il frotta ses lèvres contre son mamelon à travers le tissu, et adora le doux gémissement qu'elle poussa.

Cam souleva son t-shirt, le retroussant au niveau de ses clavicules et libérant ses seins généreux. Ils étaient énormes et parfaitement ronds, avec de gros mamelons appétissants, aussi roses que les pétales d'une fleur. Il donna une petite tape sur le côté d'un de ses seins, et eut un sourire en coin lorsqu'elle sursauta de surprise.

« T'as les nichons les plus incroyables que j'aie jamais vus, Alex. Tu le sais ? » demanda-t-il en se penchant pour effleurer de son menton rugueux un mamelon sensible. Il prit l'extrémité durcie entre le bout de ses doigts, l'embrassa à nouveau sur les lèvres, roulant et pinçant la pointe dure. Alex réagit en se cambrant à son contact, faisant onduler son bassin et frottant son cul contre son érection.

« Hmmm, » murmura Cam contre ses lèvres, savourant son désir. Il le sentait dans l'air, rendant son corps douloureusement tendu et lui évoquant les délicates profondeurs roses de sa chatte. Il avait follement envie d'elle, presque assez follement pour rompre la promesse qu'il avait faite seulement quelques minutes plus tôt. Mais non, il fallait qu'il y aille doucement. Il pourrait lui donner du plaisir, explorer son corps, mais il fallait qu'il garde sa queue dans son pantalon ce soir.

« Alex, » dit-il, attendant qu'elle batte des paupières et ouvre les yeux avant de poursuivre. « Je vais te déshabiller. Je vais te toucher et te goûter, et je vais te faire jouir. Mais je vais garder mes vêtements. Est-ce que tu comprends ? »

Le désir dans les yeux d'Alex vacilla un instant, remplacé par de la confusion.

« Pourquoi ? demanda-t-elle.

— Parce que c'est ce que j'ai dit, » se contenta-t-il de répondre avant de changer de position et de l'allonger sur la couverture. Son pantalon fut retiré en un clin d'œil, et Cam dut s'asseoir pour savourer la vue. Elle était vraiment incroyable, toute en seins, hanches et cuisses frémissantes.

Cam tendit la main et lui écarta les genoux, remarquant au passage que ses poils pubiens soigneusement taillés étaient d'une teinte plus claire que ses cheveux, presque blonds. Lorsqu'Alex eut le réflexe de resserrer les jambes, il la laissa faire, satisfait d'explorer d'autres endroits.

Il s'agenouilla auprès d'elle et prit ses seins en coupe, pétrissant la chair tendre, adorant la douceur de son contact. Il se pencha en avant pour capturer à nouveau son mamelon dans sa bouche, faisant tournoyer sa langue et mordillant jusqu'à ce qu'elle se mette à haleter et à gémir. Ses mains tracèrent le contour de sa taille et de ses hanches tandis qu'il reportait ses attentions sur son autre sein, le bout de ses doigts effleurant la peau sensible de ses hanches. Il passa lentement ses doigts dans le duvet blond de son pubis, puis caressa l'intérieur de ses cuisses.

« Ouvre-toi pour moi, Alex. Laisse-moi te voir. Je veux voir ce qui m'appartient, » ordonna-t-il.

Lorsqu'elle écarta les jambes pour lui, un gémissement avide s'échappant de sa gorge, il dut réprimer un sourire carnassier. Elle était parfaitement rose et scintillante d'excitation, ce qui fit palpiter sa queue. C'était lui qui avait fait ça, qui avait rendu son corps prêt pour sa queue.

« Qu'est-ce que tu mouilles pour moi, Alex. Tu dois être vachement excitée, » dit-il, effleurant du bout d'un doigt la ligne médiane de son intimité ».

Alex se mordit les lèvres et se redressa sur les coudes, l'observant de ses yeux assombris par le désir. Lorsqu'elle la regardait ainsi, son regard bleu marine semblait aussi noir que la nuit.

« La prochaine fois, je t'obligerai à me parler. Je te ferai tout demander. Ne l'oublie pas, » lui dit-il.

Cam changea de position de manière à se retrouver à genoux entre ses jambes, écartant plus largement ses genoux. Il trouva son clito du bout de son doigt, le caressant doucement en formant des cercles, faisant haleter Alex, la tête rejetée en arrière. Il plongea son doigt plus bas, l'enfonçant au fond d'elle d'un long et lent mouvement. Elle se contracta autour de lui, sa chaleur humide s'accrochant à son doigt, et Cam se dit qu'il aurait aimé pouvoir se rappeler leur première nuit ensemble. Elle avait dû être spectaculaire, si chaude, étroite et profonde.

Cam se retira, puis glissa deux doigts dans sa chatte, tout en effleurant son clito de son pouce. Ses muscles les plus intimes ondulèrent, et Cam sourit largement, sachant qu'elle était déjà tout près. Tout concordait avec le plan qui avait commencé à prendre forme dans son esprit, et qui exigeait de l'interdire absolument à tous les autres hommes. Plus personne ne la toucherait ni ne la baiserait jamais, et ce serait son choix à elle. Lorsque Cam aurait fait usage de tout son savoir et de tous ses talents sur elle ; il en était certain.

Cam plaqua sa main libre sur son bas-ventre, puis exécuta de ses doigts une sorte de mouvement de va-et-vient à l'intérieur de son entrejambe, comme s'il cherchait à toucher son nombril. Il continua jusqu'à ce qu'il eût trouvé son point G, ce qui fut évident car Alex poussa pratiquement un hurlement, le dos cambré et la bouche ouverte en un grand *O* de plaisir.

« Ah, le voilà, » dit Cam, presque sur le ton de la conversation, sachant qu'Alex n'écoutait pas un seul mot de ce qu'il disait.

Il fit aller et venir ses doigts, les pliant et les dépliant, appuyant sa main sur son ventre pour accentuer la pression et l'intensité de ses caresses, la sentant se serrer et se contracter petit à petit, jusqu'à ce qu'il fût certain qu'elle était au bord de l'explosion. Ce ne fut qu'alors qu'il retira sa main et changea de position de manière à pouvoir se pencher en avant pour effleurer de son nez ses poils pubiens. Il déposa de lents baisers, ralentissant le mouvement de ses doigts afin de lui laisser un instant pour prendre conscience de ses intentions, et laisser monter son impatience.

Les mains d'Alex vinrent se poser de part et d'autre de sa tête, ses doigts s'enfonçant dans ses cheveux, et Cam gloussa contre sa chair en mal d'attention. Il embrassa son clito avec une extrême douceur, savourant ses gémissements empressés. Il donna de petits coups de langue sur le bouton, en faisant aller et venir ses doigts plus fort, caressant son point G. Puis il referma ses lèvres sur son clito et le suça avec force, tout en faisant vibrer ses doigts en elle.

Alex jouit en poussant un cri, frissonnante et haletante. Cam suçait son clito et faisait aller et venir ses doigts, l'aidant à chevaucher la vague de son orgasme jusqu'à ce qu'elle repousse sa tête en poussant un gémissement. Il se redressa et la contempla dans son extase, un bras jeté en travers de ses yeux pour se couper du reste du monde.

Il en avait presque terminé avec elle pour ce soir, presque. Il n'avait plus qu'une seule chose à lui montrer.

« Alex, assieds-toi, » lui dit-il en dégageant son bras de son visage.

Elle obtempéra, l'air un peu secoué.

« Ça, c'était... quelque chose... » fut tout ce qu'elle parvint à dire.

Cam l'attira à lui, agenouillé auprès d'elle. Il l'embrassa à nouveau en saisissant son sein dans sa main en coupe, son pouce titillant son mamelon. En quelques instants, il eût de nouveau son attention, tandis que son souffle devenait court.

« Je maintiens ce que j'ai dit, lui dit-il. Je ne vais pas te baiser ce soir, Alex. En revanche, j'ai envie de te montrer quelque chose. »

Il leva légèrement son t-shirt, puis baissa d'un coup sec son pyjama sur ses hanches, de quelques centimètres seulement. Sa queue se libéra d'un bond, longue, épaisse et douloureuse. Le regard d'Alex vint se river dessus comme un aimant, et sa main se souleva de quelques centimètres comme si elle avait envie de le toucher. Cam profita de son geste pour saisir sa main et la plaquer à la base de sa queue. Lorsque ses doigts se refermèrent dessus, du moins autant qu'ils le pouvaient, il serra les dents et rassembla toute sa volonté.

« Je voulais seulement que tu me touches, pour que tu saches ce que je vais te mettre. Quand je te pencherai en avant et que je te la mettrai bien profond, » dit-il en recouvrant sa main de la sienne pour l'encourager à caresser son érection palpitante. « Tu n'oublieras jamais ma queue, Alex. Tu vas la prendre toute entière, et me supplier de continuer. »

Le regard d'Alex allait et venait entre son visage et sa queue tandis qu'elle resserrait son étreinte, et balayait légèrement de son pouce le gland massif. L'arrêter lui ferait mal, physiquement, mais il fallait qu'il repousse sa main. Il était à un cheveu de l'explosion, son corps si avide de ses caresses qu'il était à deux doigts de lui demander de le faire jouir comme ça, de lui offrir un peu de soulagement. Pire encore, son côté animal suggérait qu'il aurait pu la faire regarder tandis qu'il caressait lui-même sa queue, le regarder éclabousser ses superbes nichons de sa semence nacrée.

« Ça suffit, » dit Cam, les dents serrées. « Je voulais seulement que tu comprennes. Tu comprends à quel point tu es complètement baisée, pas vrai, Alex ? Ou devrais-je dire, à quel point tu vas être baisée. »

Alex le jaugea d'un coup d'œil tandis qu'il remontait son pantalon de pyjama et glissait son érection dans l'élastique de la ceinture. Il aurait voulu être enfoui en elle jusqu'à la garde au lieu de laisser son impatience monter pendant encore deux jours. Seigneur, comment allait-il faire pour tenir encore deux jours ? Il allait devoir se faire jouir tout seul sous la douche comme un ado en rut. Voilà à quel point il était accro à Alexandra Hansard, putain.

Incapable de regarder son corps nu sans perdre le peu de sang-froid qui lui restait, Cam ramassa son pantalon et son t-shirt et entreprit de la rhabiller. Elle le laissa faire sans cesser de le regarder, son expression insondable. Une fois qu'il fut suffisamment calmé pour ne pas jouir rien qu'en la touchant, Cam la prit par la main et l'entraîna jusqu'au bord du promontoire.

« Il y a encore quelques étoiles filantes, » dit-il en désignant un faible éclair de lumière loin à l'est.

« J'en ai vu plein, » dit-elle, ses lèvres s'incurvant en un sourire. Cam ne put s'empêcher de rire, et tendit un bras pour le glisser autour de sa taille. Il l'attira à lui, plaquant la hanche d'Alex contre la sienne. Il sentait encore l'odeur de son orgasme, l'odeur douce et piquante de son excitation mêlée à celle de la sueur, et il eut envie de gémir. Tout compte fait, il revenait sur ce qu'il s'était dit plus tôt, sur le fait d'être un ado. Cameron Beran n'avait jamais été aussi entiché d'une fille de toute son adolescence, n'avait jamais gaspillé le moindre souffle pour une fille s'il n'était pas sûr de la sauter dans la semaine.

C'est peut-être ça, être adulte ? se demanda Cam.

En se retournant, il tomba sur Alex qui l'observait. Elle tendit la main et longea du bout du doigt les épaisses lignes noires tatouée sur ses avant-bras, l'air soudain curieux.

« Comme ils sont beaux. Est-ce qu'ils signifient quelque chose ? demanda-t-elle.

— Ce sont des motifs vikings traditionnels. Je voulais quelque chose qui représente mes origines, et ça, c'était plus classe que des ours en peluche, » plaisanta Cam.

Alex hocha la tête. Elle resta un long moment silencieuse. Cam s'aperçut qu'il la trouvait fascinante ; son visage était si expressif qu'il pouvait presque deviner la direction que prenaient ses pensées avant même qu'elle ne parle. Intelligente, belle, et ouverte d'esprit et de cœur... Ouais, Alex était vraiment une perle rare.

« Est-ce que tout ça sera à toi un jour ? » demanda Alex, l'arrachant à ses pensées lorsqu'elle désigna d'un geste le paysage en contrebas.

Cam se raidit ; il ne s'était pas attendu à ce qu'elle dise ça. Il déglutit, et réfléchit un instant.

« J'aimerais bien le penser, mais c'est compliqué. Mon frère Wyatt est plus âgé, et il est aussi dominant que moi. Il a de bonnes chances, mais... » Cam s'interrompit, pensif. « J'en sais rien. Il ne peut pas le faire sans partenaire, et je le vois mal se caser.

— Et le décret des Alpha, alors ? Il n'est pas obligé de prendre une partenaire ? demanda Alex.

— Non. Enfin, il faudrait qu'il parte en loup solitaire, qu'il se trouve son propre territoire où courir. Mais c'est tout juste s'il vient ici de toute façon. Je ne crois pas que ça ferait un énorme changement pour lui. Son seul attrait ici, c'est le fait de devenir Alpha lui-même. Je ne suis pas sûr qu'il y ait bien réfléchi, en plus. S'il devient Alpha, il faudrait qu'il emménage ici. Il aurait des responsabilités. Rien de tout ça ne fait partie des priorités de Wyatt, pour autant que je sache.

— Je ne savais pas qu'il fallait avoir une partenaire pour être Alpha, » dit Alex d'une voix plus faible.

« En général, non. Mais pour faire plaisir à mon père et gagner son approbation ? Ça, ouais.

— Ah, » dit-elle. Au bout d'un moment, elle se dégagea

doucement de son étreinte et se retourna vers la couverture. « À quelle distance est le Chalet d'ici ? »

Cam savait qu'il avait dit quelque chose de mal, mais il était bien incapable de deviner ce que c'était.

« Euh... à quinze minutes, probablement, » dit-il en se passant la main dans les cheveux.

« Est-ce que tu peux m'y ramener ? Sous forme humaine, je veux dire.

— Ouais, bien sûr. »

Cam l'aida à ramasser leur pique-nique en silence, tout en réfléchissant à son soudain changement d'humeur. Il la conduisit le long du sentier, loin du promontoire, et désigna le Chalet au loin. Voyant qu'elle ne répondait pas, et se contentait de regarder où elle mettait les pieds en marchant, Cam faillit pousser un grondement agacé.

« Alex, est-ce que j'ai dit quelque chose qui t'a contrariée ? » demanda-t-il enfin.

Elle leva brièvement les yeux vers lui, et un sourire triste passa en un éclair sur ses lèvres.

« Non. Rien que je ne savais pas déjà, » dit-elle.

Elle pressa le pas et passa devant lui, et il se demanda ce que tout ça pouvait bien signifier.

9

Alors que le soleil se couchait le lendemain soir et que les invités de la soirée de sa mère commençaient à arriver, l'humeur de Cam vira au noir. Alex le rejetait pratiquement depuis la veille au soir, et était même allée jusqu'à dormir sur le canapé. Puis elle s'était portée volontaire pour chaque tâche liée à la préparation de la fête, en affichant un sourire d'une jovialité si forcée que c'en était presque effrayant. À plusieurs reprises, M'man s'était tournée vers Cam d'un air interrogateur ; empathique comme elle l'était, sa mère avait bien évidemment remarquée la colère bouillonnante d'Alex, enrobée d'une couche d'exubérance.

Cam n'avait pu que hausser les épaules et secouer la tête. Il se passait la soirée en boucle dans son esprit, en se demandant ce qui l'avait mise en colère. Quelque chose en rapport avec sa famille, mais quoi ? Pensait-elle qu'il n'appréciait pas sa famille à sa juste valeur à cause de ce qu'il avait dit à propos de son père ? Il était bien incapable de le deviner. S'il l'avait pu, il se serait tout simplement excusé pour en finir avec tout ça.

Tout en secouant une fois de plus la tête, Cam porta la dernière glacière de bière à l'extérieur, et s'arrêta à côté de son frère Luke.

« T'as l'air furax, » dit Luke. L'aîné des frères de Cam était d'ordinaire aussi avare de paroles que de baratin, ce dont Cam lui était reconnaissant. Au moins Luke disait ce qu'il pensait, sans détours. Luke n'était peut-être plus en service, mais il restait vraiment un soldat en toutes circonstances. Même à cet instant, il observait chacun des mouvements des invités regroupés sur l'énorme perron de derrière du Chalet, et surveillait au lieu de parler.

« Putain, les bonnes femmes, » dit Cam en guise de réponse.

« Ah. Ouais, » dit Luke. Il se détourna et fouilla dans l'une des glacières pour en sortir un soda.

« Tu ne bois toujours pas ? demanda Cam.

— Plus jamais, dit Luke. Tu te rappelles la dernière fête de M'man ? »

Cam éclata de rire, et hocha la tête. Luke s'était bourré la gueule à tel point que c'en était gênant, et s'était ridiculisé.

« C'est probablement une bonne idée, » acquiesça Cam. Ils regardèrent les occupants de deux voitures contourner la maison, et s'arrêter un peu plus loin, près du barbecue, pour saluer leur père. Il approuvait l'attitude respectueuse des cousins ; Josiah Beran n'était certainement pas le genre de personne qu'on se mettait à dos si on pouvait s'en passer.

Cam aperçut en un éclair les cheveux roux d'Alex au loin, près du barbecue, et vit qu'elle discutait avec Faith et Charlotte. Leur conversation était animée, elles ne cessaient de rire et d'agiter les mains. La partenaire de Luke, Aubrey, se joignit à elles et serra la main d'Alex, qui se retourna et lança un bref regard à Cam et Luke.

« Qu'est-ce que t'as fait ? » demanda Gavin en arrivant

derrière eux, tout en donnant une tape sur l'épaule de Luke. « Alex te regarde d'un sale œil, là.

— Putain, si je le savais, » rétorqua sèchement Cam.

« Bon, et qu'est-ce que tu comptes faire pour arranger ça ? » demanda Luke.

Cam se tourna pour regarder longuement son frère tandis qu'il réfléchissait à ses paroles. Wyatt les rejoignit d'un pas nonchalant, tenant déjà une bière dans sa main.

« Quoi de neuf ? » dit Wyatt en guise de salut.

« Cam est dans la merde avec sa nouvelle copine, dit Gavin.

— C'est laquelle ? » demanda Wyatt, dont les yeux s'illuminèrent d'une dangereuse étincelle.

« La jolie rousse, là-bas, avec ma partenaire, » dit Luke en désignant Alex.

« Jolie rousse, en effet, » dit Wyatt en buvant une longue gorgée de sa bière. « On dirait qu'elle est trop bien pour toi de toute façon, Cam. Mieux vaut la laisser à un professionnel. »

Les lèvres de Cameron dévoilèrent ses dents, et avant d'avoir pu s'en empêcher, il adressa un grondement à Wyatt. Un grondement grave et guttural, suffisamment sonore pour attirer l'attention de tous les gens présents vingt mètres à la ronde.

« Du calme, le fauve, sourit Wyatt. Ne sois pas trop dur envers toi-même. C'est pas ta faute si t'es pas assez viril pour une nana comme elle.

— Wyatt, la ferme, » dit Luke en tendant une main pour empêcher Cam de se jeter sur Wyatt. « Si l'un de vous deux déclenche une bagarre, je l'écrabouille par terre. »

Cam voyait bien que Luke était sérieux à mort, mais il n'avait pas besoin qu'on lui dise de ne pas gâcher la soirée de sa mère. Elle le lui ferait payer pendant des mois ; Luke connaissait les risques mieux que quiconque, après son petit incident avec le whisky à la dernière soirée des Beran.

« Vous n'avez vraiment pas le sens de l'humour, les gars, » se plaignit Wyatt en levant les yeux au ciel. « Cam, la seule chose qui te fera du bien, c'est un tour au bar. Ils ont du bourbon Buffalo Trace, ça guérit tous les maux. Tu viens ? »

Tout au fond de lui, Cam savait que c'était une mauvaise idée, mais le connard têtu en lui se dit qu'un peu de whisky était exactement ce dont il avait besoin. Aussi suivit-il Wyatt, ignorant Luke et Gavin qui secouaient la tête, et il trouva une place au bar bondé. Deux minutes plus tard, une jolie brune leur servait des verres.

« Encore un ! » dit Wyatt après le premier. Et le second, et le troisième. Lorsqu'il voulut en commander un quatrième, Cam secoua la tête.

« J'vais pas me mettre minable. M'man va me tuer, dit Cam. Continue à tes risques et périls, frangin.

— Très bien. Dans ce cas, discutons. Qu'est-ce que tu comptes faire, pour ta copine ? » demanda Wyatt en lançant à Alex un coup d'œil grivois.

« Arrête de la regarder comme ça. Et je ne sais pas ce que j'ai fait, pour commencer, donc je ne compte rien faire du tout, rouspéta Cam.

— Il y a une technique classique pour ce cas de figure. Si une femme se montre têtue, il y a une manière infaillible de la faire changer d'attitude, » dit Wyatt tout en leur commandant une tournée de bières.

« Je t'écoute, » dit Cam. Ce n'était pas le cas, en réalité. Il pensait à la manière dont le whisky lui réchauffait le ventre et lui ramollissait la cervelle en même temps, lui donnant vraiment l'impression d'être tout foufou. Son cerveau trébucha une ou deux fois sur cette phrase, et il sourit tout seul.

« La rendre jalouse, évidemment, » lui dit Wyatt. Il donna un coup de coude dans le flanc de Cam, le faisant grimacer. « Hé, écoute un peu, abruti. Faut que tu dragues une autre fille, que tu montres à Anna—

— Alex, rectifia Cam.

— Peu importe. Montre-lui que tu vaux mieux qu'elle en attirant des tas de salopes hyper bonnes et en les draguant. Ensuite, elle sera jalouse et reviendra vers toi en courant. C'est scientifique, » déclara Wyatt.

Cam regarda son frère, les yeux plissés.

« Bon sang, qu'est-ce que tu racontes ? D'où est-ce que tu sors cette idée ? demanda-t-il.

— J'ai lu ça quelque part sur le net, » dit Wyatt en détournant brusquement le regard.

« Et tu dis que ça rendra Alex gentille avec moi ? » se demanda Cam tout haut. Dans son cerveau ramolli par le bourbon, ça tenait la route. Un peu de drague sans conséquence, et lorsque Alex deviendrait jalouse, alors il pourrait la raisonner.

« Ouaip, affirma Wyatt.

— Faut que j'attende que les effets du whisky se dissipent, soupira Cam.

— Nan. Vaut mieux pas, » dit Wyatt. Il tendit la main pour attraper une blonde qui passait par là, et lui lança un sourire aguicheur. « C'est quoi, ton nom de famille, ma jolie ?

« Euh… Kirk ? » déglutit la fille en regardant Wyatt de ses grands yeux couleur chocolat.

« Est-ce que tu es liée aux Beran par le sang ? insista Wyatt.

— Non, je suis là pour accompagner Jace Tripp, dit-elle.

— Super, » dit Wyatt en jetant la fille dans les bras de

Cam. « Je te présente mon frère Cameron. Il est aussi célibataire qu'on peut l'être.

— Hmph, » parvint à dire Cam.

« S—salut, » dit la fille en adressant à Cam un sourire incertain. « Moi, c'est Melody.

— Barman, une autre tournée ! lança Wyatt. Mettez-en trois, cette fois ! Ou quatre, peut-être ? »

Wyatt inclina la tête pour faire signe à Cam de pivoter sur son siège. Il fronça les sourcils tout en se dégageant de la fille, dont il avait déjà oublié le nom. Ce ne fut qu'alors qu'il leva les yeux, tel un cerf pris dans la lumière des phares, et tomba sur Alex qui se tenait devant lui, les bras croisés. Son expression était carrément meurtrière.

« C'est comme ça que tu me montres ta loyauté, pas vrai ? » demanda-t-elle en lançant à la blonde boudeuse à côté de Cam un regard accusateur.

« Quoi ? » fit Cam, feignant la surprise. « On n'est que des partenaires en affaires qui entament une relation basée sur l'intérêt. On a un contrat et tout, pas vrai ? »

Alex battit des paupières, et une partie de sa colère s'estompa.

« C'est pour ça que tu fais ça ? » demanda-t-elle en penchant la tête de côté.

« C'est pour rien du tout. C'est toi qui m'as donné la permission, avec discrétion, bien sûr, » dit Cam. Il sentit le demi-sourire sur ses lèvres, mais il lui sembla qu'il était incapable de l'empêcher d'apparaître, ou de tenir sa langue.

« C'est quoi, cette histoire de discrétion et de contrats ? » intervint Wyatt. Cam lui lança un bref regard furieux, mais Wyatt n'était pas du genre à savoir quand s'arrêter. Il adorait le chaos, il vivait pour ça.

« Rien qui te regarde, » fit sèchement Alex en lançant à Wyatt un regard noir. Elle avait cerné le frère de Cam en un clin d'œil, et Cam voyait bien qu'elle n'approuvait pas la dégaine de loubard de Wyatt.

« Vous savez quoi, » dit Wyatt en passant son bras autour de Cameron et de la blonde coincée entre eux, le corps tourné volontairement de manière à exclure Alex. « J'ai une bouteille spéciale dans la voiture. Tirons-nous d'ici. Il y a un peu trop de monde, pas vrai ?

— Est-ce que c'est de la vodka ? J'aime bien la vodka, » dit la blonde, visiblement ignorante du drame qui se déroulait autour d'elle. Lorsque Wyatt lui lança un regard dégoûté, elle haussa les épaules et se tut.

Cam regarda Alex, puis Wyatt. D'un côté, il avait envie d'entraîner Alex à l'écart, de lui parler de ce qu'il voulait. D'un autre côté, il avait envie de la pousser encore un peu plus, de lui montrer qu'il était une prise de choix, qu'elle aurait dû se réjouir de ses attentions. En fin de compte, Cam laissa Wyatt l'entraîner en direction du parking, et adressa à Alex un haussement d'épaules impuissant.

« Tu peux venir aussi, tu sais, » dit Cam à Alex. Le foncement de sourcil qu'elle lui adressa en réponse n'allégea en rien son humeur, mais il ne comptait pas renoncer. Renoncer n'était pas un trait que les hommes du clan Beran portaient en eux ; Alex allait bientôt s'en rendre compte.

Il laissa donc Alex là, son regard brûlant perçant des trous dans le dos de sa chemise tandis qu'il suivait Wyatt et leur nouvelle compagne blonde en direction de la voiture de Wyatt.

10

Il ne fallut que quinze minutes à Cam pour comprendre qu'il était vraiment dans le pétrin. Wyatt avait fait monter Cam et la blonde sur le siège avant de son SUV noir.

« Non, non. Allez à l'avant, moi, j'aime bien m'allonger, » avait dit Wyatt lorsque Cam avait protesté. Cam avait secoué la tête, en se disant qu'il y avait au moins une petite séparation entre le siège conducteur et celui du passager, mais Wyatt lui avait aussitôt gâché ça. Son frère avait passé la main entre les sièges avant et retourné la console centrale, transformant l'avant en banquette rembourrée.

Le cœur de Cam devint encore plus lourd quelques secondes plus tard.

« Bon sang, c'est pas vrai, j'ai laissé ma meilleure bouteille à la maison, » leur avait dit Wyatt en secouant la tête. « Je vais la chercher. Ne partez pas, d'accord ? »

Puis Wyatt avait disparu, laissant Cam et la fille seuls dans la voiture silencieuse.

« Tu t'appelles comment, déjà ? lui demanda-t-il.

— Melody, » dit-elle en le regardant avec de grands yeux aguicheurs.

« Si seulement il avait laissé les clés, on aurait pu écouter un peu de musique, » dit Cam en se penchant en avant pour regarder à travers le pare-brise. À cet instant, il n'arrivait pas à décider s'il voulait qu'Alex le vît, ou s'il ne voulait pas qu'elle s'approche de la voiture. Il ne faisait rien, bien sûr, mais Alex semblait avoir un léger penchant pour le mélodrame et une certaine tendance à tirer des conclusions hâtives en ce qui le concernait.

« Alors, tu es quel Beran, toi ? » demanda Melody en se rapprochant un peu plus sur la banquette. « Pour moi, vous vous ressemblez tous. Vous êtes tous beaux, bien sûr. »

Melody avança deux doigts jusqu'à l'autre bout du siège, où elle atteignit sa cuisse revêtue de jean, puis, du bout des doigts, traça des cercles sur son genou, puis plus haut, encore plus haut... Elle flirtait d'une manière si flagrante et caricaturale que Cam éclata tout d'abord de rire, pensant qu'elle plaisantait. Lorsqu'elle eût plaqué sa main sur sa bosse, Cam remit rapidement cette idée en cause.

« Dis donc, euh... dit-il.

— Melody. Tu vas te souvenir de mon nom, cow-boy, » lui dit-elle avec un sourire malicieux.

En un éclair, Melody passa à l'attaque. Elle se hissa de force sur les genoux de Cam, son cul effleurant le volant tandis que ses nichons venaient se plaquer sur son visage.

« Attends, attends— » dit-il en levant les mains pour la repousser.

Melody n'avait pas envie d'attendre, semblait-il. Elle captura la main de Cam dans la sienne, entremêlant étroitement leurs doigts. Puis elle se pencha en avant pour l'embrasser. D'aussi près, Cameron sentait son haleine alcoolisée. Elle n'avait pas semblé ivre à ce point jusque-là, mais il s'apercevait à présent qu'elle maîtrisait à peine ce qu'elle faisait. Elle changea de position pour essayer d'adopter l'angle idéal, et ses fesses heurtèrent le volant. Le klaxon de la voiture tonitrua, les faisant sursauter et faisant glousser Melody.

Cam tourna brusquement la tête vers la gauche, évitant ses lèvres avides, et découvrit Alex à moins d'un mètre de lui. Alex le dévisagea à travers le verre mince de la vitre de la voiture, bouche bée, les bras ballants. Sa colère, sa combativité, avaient disparu. Cam la regarda, horrifié, et repoussa la blonde de ses genoux, mais il était trop tard.

Les yeux d'Alex scintillaient, et deux larmes jumelles s'échappèrent pour couler le long de son visage, gâchant la sombre perfection de son maquillage.

« Alex ! » dit Cam en tentant maladroitement de déverrouiller la portière. Il n'avait baissé les yeux que l'espace d'une seconde, mais lorsqu'il les releva, elle traversait le parking en courant à toute vitesse.

« Merde, merde, » dit-il en se glissant hors de la voiture.

Il la suivit, en heurtant au passage de nombreux invités de la soirée dans sa hâte de la rattraper. Il passa devant ses parents, qui lui lancèrent tous deux des regards noirs, mais il poursuivit son chemin. Ce ne fut qu'en arrivant à la porte de sa chambre qu'il la rattrapa enfin. Il s'arrêta dans l'embrasure, ne sachant trop quoi dire tandis qu'elle fourrait quelques objets dans sa valise et la fermait violemment.

Lorsqu'elle se retourna, en essuyant vivement des larmes sur ses joues, sa peine et sa fureur étaient évidentes.

« Alex, attends. Laisse-moi t'expliquer, » dit Cam en s'avançant, la main tendue vers elle.

Alex arracha son poignet de son étreinte.

« Pas besoin d'explication. Ça ne marchera jamais. J'aurais dû m'en apercevoir plus tôt, » dit-elle en se détournant pour attraper sa valise.

« J'essayais seulement de te montrer— tenta-t-il.

— Tu m'as montré beaucoup de choses, Cameron. Laisse-moi tranquille, » dit-elle. Lorsque Cam s'avança vers elle, elle lui adressa un grondement. « Je ne plaisante pas. Je ramène la voiture de location à l'aéroport.

— Laisse-moi venir avec toi, » suggéra Cam.

Alex lui rit au nez.

« Pas question. À présent, écarte-toi de mon chemin, » gronda-t-elle. Elle ramassa son sac à main sur le lit et traîna sa valise derrière elle, écartant brutalement Cam du passage. Elle sortit en trombe de la maison et Cam la suivit, ne sachant pas trop quoi dire.

« Halte-là, mon bon monsieur. » Sa mère apparut à la porte d'entrée, l'empêchant de sortir.

« M'man, il faut que j'y aille, insista-t-il.

— Tu n'iras nulle part. J'ai vu la fin de cette scène que vous venez de jouer. Et devant tous mes invités, en plus. Tu as de la chance d'être trop vieux pour être privé de sortie et trop grand pour que ton père te mette une raclée. »

Cam ne jeta qu'un coup d'œil à la mâchoire crispée de sa mère, et la laissa l'entraîner dans le salon sans même un dernier regard en direction de la silhouette d'Alex qui s'éloignait.

« Je devrais la rattraper avant qu'elle ne parte, » dit Cam, mais sans conviction. Sa mère lui lança un regard perçant, et ses paroles firent précisément écho aux pensées de Cameron.

« Cette femme-là, elle n'a pas envie qu'on la suive. Si tu es un peu intelligent, tu attendras qu'elle se calme. Et quand tu t'excuseras, tu as intérêt à le faire à genoux, avec des fleurs et des bijoux. À présent, pose tes fesses là le temps que j'aille te chercher un verre d'eau. Je sens ton odeur de whisky d'ici, » le réprimanda M'man.

Cam se laissa tomber sur le canapé, et enfouit son visage entre ses mains. Il avait la tête qui tournait, sa poitrine lui faisait mal, et il avait l'estomac retourné. Mais le pire, dans tout ça, c'était la douloureuse certitude qui s'était installée dans son cœur. Il avait royalement merdé avec Alex, et il y avait de fortes chances pour qu'elle n'ait pas la moindre envie d'écouter ses excuses.

Depuis qu'Alexandra Hansard était entrée dans ce restaurant, Cam avait perdu toute notion du bien, du mal, du haut et du bas. Son existence parfaitement amidonnée, sous contrôle étroit, tout ce temps passé à planifier et à attendre la partenaire, la vie et la maison idéales... Tout ça risquait de tomber dans l'eau à cause d'une seule action incroyablement stupide.

Cam s'adressa un gémissement, conscient du fait qu'il avait peut-être commis la plus grosse erreur de sa vie.

11

*A*lex se tenait pieds nus dans la minuscule salle de bain carrelée de blanc de son appartement, les yeux rivés sur le lavabo. L'évacuation du lavabo était conçue à l'ancienne, et ressemblait à un visage souriant maladroitement dessiné, ce qu'elle avait toujours trouvé plutôt adorable. Cependant, à cet instant, ce sourire hagard semblait se moquer d'elle.

Alex n'était pas du genre à s'apitoyer sur son sort, mais là, elle ne savait pas trop comment elle pourrait à nouveau être heureuse. Le problème n'était pas sa rupture avec Cam, si l'on pouvait même qualifier la fin de leur relation d'un mois de rupture. Non, c'était le résultat de sa propre opiniâtreté et de son comportement irréfléchi qui allait causer sa perte.

Alex s'assit sur le rebord de la baignoire en poussant un profond soupir, et laissa tomber sa tête entre ses mains. La semaine avait vraiment été infernale, pire que tout ce qu'elle avait connu pendant les folles années de sa vingtaine. Pendant le mois qui avait suivi la fin de sa relation avec

Cam, elle n'avait connu qu'ennuis et inquiétudes, problème sur problème, au point qu'elle avait voulu se mettre à hurler.

Tout d'abord, elle avait reçu un coup de fil de son propriétaire, lui annonçant poliment que l'immeuble dans lequel elle vivait avait été vendu. Elle pouvait oublier sa situation confortable de loyer modéré ; les nouveaux propriétaires comptaient rénover et transformer l'immeuble en copropriété onéreuse, et il n'y avait pas de place pour Alex et ses voisins dans l'équation. Elle avait trente jours pour vider les lieux, et pas un de plus.

Ensuite, Alex avait commis une grosse erreur au travail en laissant un gros client lui filer entre les doigts, et elle allait manifestement perdre une petite fortune. Ses associés et les quelques personnes qu'elle employait étaient horrifiés par ce qu'elle avait fait, et semblaient abasourdis par le fait qu'elle ait commis une erreur professionnelle aussi fatale.

Au milieu de tous les autres drames de sa vie, Cam ne cessait d'apparaître. Il l'appelait. Il faisait livrer des fleurs chez elle, et à son bureau. Il s'était montré incroyablement insistant pendant les deux semaines qui avaient suivi leur dispute dévastatrice, mais Alex avait tout bonnement été trop occupée pour se soucier de lui. Elle avait d'autres préoccupations, d'autres choses à aplanir avant de pouvoir prendre une décision au sujet de Cam. Une part d'elle, la part à laquelle il était parvenu à infliger une blessure étonnamment profonde, s'était dit qu'il valait peut-être mieux laisser les choses entre eux se tasser, laisser le vent les emporter.

Puis il avait fini par cesser d'appeler. Alex n'avait plus de nouvelles de lui depuis une semaine et demie. Au moins, ça répondait à sa question.

En plus de tout ça, Alex avait du mal à travailler à cause

de de la grippe carabinée qu'elle avait attrapé dans l'avion en rentrant chez elle. Du moins, elle espérait que c'était la grippe. Elle était épuisée et abattue et, d'une manière générale, se sentait complètement à plat. Puis voilà qu'elle avait été incapable de garder la moindre nourriture pendant quatre jours de suite.

Alex était allée à la pharmacie, avec l'intention d'acheter de la tisane au gingembre ainsi que quelques articles personnels. Elle avait vu un grand type brun de dos et s'était figée, pensant qu'il s'agissait de Cameron. Il s'était retourné, et évidemment, ce n'était pas lui. Qu'est-ce qu'il aurait fait dans son quartier mal famé, de toute façon ?

Néanmoins, le fait de voir ce type avait lui rappelé qu'elle était toujours célibataire. Il fallait qu'elle se remette sur le marché, qu'elle essaie de rencontrer des Berserkers compatibles. Sa vie n'était pas terminée à cause d'une simple petite rupture, après tout. Aussi Alex carra-t-elle les épaules et s'avança-t-elle pour prendre une boîte de préservatifs.

Là, à côté des préservatifs, des lubrifiants et autres choses nécessaires au sexe, Alex repéra rangée après rangée de tests de grossesse à faire à la maison. Des boîtes brillantes, d'aspect joyeux, qui attendaient toutes de futures mères pleines d'espoir, certaines affichant même des photos de couples heureux qui s'étreignaient.

Et ce fut alors qu'Alex sut. Qu'elle sut, sans l'ombre d'un doute, avec une soudaine et douloureuse clarté, qu'elle n'avait pas du tout besoin de préservatifs. Qu'elle n'en aurait pas besoin pendant près d'un an. Sa main vint se plaquer sur sa bouche et elle eut un haut-le-cœur, tandis que des larmes lui montaient aux yeux.

Tu as toujours voulu avoir ta propre famille, pas vrai, se dit-elle.

Et voilà que ce souhait se réalisait... seulement, pas de la manière qu'elle avait toujours attendue ou souhaitée.

Alex prit une demi-douzaine de tests de grossesse, et ajouta après-coup une boîte de préservatifs, une triste plaisanterie. Puis elle jeta dans son panier quelques articles au hasard, des produits pour les cheveux, du soda, des biscuits salés et des ampoules. Pour couvrir ses traces, bizarrement. L'ado ahuri à la caisse se fichait complètement de ses achats. Il était trop occupé à fixer constamment la poitrine d'Alex pour ne fût-ce que remarquer son curieux ensemble d'articles.

C'est ainsi qu'Alex se retrouva dans sa salle de bain, après avoir fait les six tests de grossesse d'un coup. Ils étaient posés sur les bords du lavabo en deux rangées nettes. Chacun d'eux étaient positif, chacun d'eux agressait son regard, lui rappelant à quel point elle était foutue à cet instant précis.

« Plus d'appartement, peut-être plus d'emploi dans quelques mois. Et à présent, ça, » marmonna-t-elle dans ses mains. « Et je ne peux même pas boire un verre de vin pour calmer un peu mes nerfs. »

Elle remua, soupira, et se mit debout. Elle jeta tous les tests dans la poubelle et se traîna jusqu'au salon, en s'efforçant désespérément de réfléchir à ce qu'elle devait faire. Son style de vie actuel, les repas sur le pouce au milieu de longues journées de travail, des coups d'un soir occasionnels çà et là constituant sa seule compagnie masculine, aucun emploi du temps régulier auquel se tenir...

Elle n'avait pas de racines, rien qui la retînt où que ce fût. Comment pourrait-elle jamais amener un bébé dans ce genre d'existence ? Quel genre de mère cela ferait-il d'elle ?

Assise sur son canapé, Alex décida qu'elle allait s'autoriser à pleurer un bon coup, longuement, avant de passer en mode organisation. Un sanglot s'échappa de ses lèvres et elle le laissa venir, se laissa faire le deuil de sa vie telle qu'elle l'avait toujours connue.

12

« Allez. Debout, » dit une voix familière.

Alex faillit sauter au plafond, et dégagea vivement l'édredon de son visage tout en s'asseyant précipitamment sur le lit.

« Gregor ! » s'exclama-t-elle, surprise de trouver son frère impeccablement vêtu appuyé contre le montant de la porte de sa chambre, les bras croisés.

« Et moi ! » dit Bette, dont la tête apparut derrière lui.

« Comment est-ce que vous avez fait pour entrer dans mon appartement ? » demanda Alex, soudain consciente du fait qu'elle ne s'était pas douchée depuis deux jours et ne portait qu'un t-shirt trop grand.

« On a dit au gardien que tu t'étais peut-être pendue. Il s'est fait un plaisir de nous refiler les clés. J'imagine qu'il est un peu délicat, » dit Gregor en penchant la tête tout en la jaugeant d'un coup d'œil. « À présent, je vois que mon petit mensonge était plus proche de la vérité que ce que je pensais.

— Je ne compte pas me suicider, grommela Alex.

« J'ai entendu parler de ce qui s'était passé à la fête des

Beran. Est-ce que tu te caches vraiment ici à cause d'une seule petite brouille avec Cameron Beran ? » demanda Gregor d'un ton de défi.

« Non. Peut-être, soupira Alex. « J'en sais rien. J'ai passé une mauvaise semaine. »

Alex entendit un cri étranglé lui parvenir depuis le couloir.

« Alex, c'est quoi, ce bordel ! » cria Bette en entrant en trombe dans la chambre. « Je suis allée faire pipi, et y'a genre, une centaine de tests de grossesse dans ta poubelle. »

Gregor émit un gargouillis stupéfait, et Alex n'eut qu'une envie, ramener l'édredon sur sa tête, se rendormir, et ne plus jamais se lever.

« Peut-être que tu ne devrais pas fouiller dans mes poubelles, souligna Alex.

— Tu— tu es— » La stupéfaction de Gregor était comique.

« Enceinte ? Eh ouais.

— Est-ce que… il est de qui ? » demanda Bette, assise sur le lit en face d'Alex.

« De Cameron, soupira Alex.

— Tu en es certaine ? » dit Gregor d'une voix aussi tranchante qu'une lame.

« À cent pour cent. Je ne pourrais pas en être plus certaine.

— Comment— Vous n'êtes sortis ensemble que pendant un mois ! Tu n'as jamais entendu parler de planning familial ? » dit Gregor, d'une voix à mi-chemin du grondement.

La mention du *planning familial* lui fit mal, et Alex sentit une boule se former dans sa gorge.

« Si tu me fais pleurer, je te vire de mon appartement, promit-elle. En plus, c'est arrivé avant que tu ne nous arranges un rencard. C'était un coup d'un soir. Je ne connaissais même pas son nom à l'époque.

« Attends, c'était Cameron Beran, ton coup d'un soir torride ?! » s'écria Bette d'une voix perçante, l'air tout aussi stupéfaite que Gregor quelques instants plus tôt. « Pourquoi est-ce que tu ne l'as pas dit ? »

Alex haussa les épaules.

« Qu'est-ce que ça peut faire à présent ? demanda-t-elle.

— Écoute, chérie... » dit Bette en la secouant fermement. « Ça peut tout faire, à présent. Tu dois prendre des décisions graves. Genre, quand est-ce que tu comptes le dire à Cameron ? »

Alex garda pendant un long moment un silence coupable.

« J'en sais trop rien, reconnut-elle. Je ne le sais que depuis quelques jours.

— Et tu ne m'as pas appelé ? » demanda Gregor, l'air de plus en plus furieux.

« Je n'ai pas vraiment l'habitude d'avoir quelqu'un à appeler, dit Alex.

— Et tu comptais faire tout ça toute seule, comme ça ? » demanda Bette en tendant la main pour saisir celle d'Alex.

« C'est ce que j'ai toujours fait. Je me disais que je me rapprocherais peut-être de chez mes parents. Ils ne seront pas contents que je fasse ça toute seule, mais ils me soutiendront.

« Sérieusement, de toutes les cousines que j'ai, c'est toi la plus idiote, siffla Bette. Non mais, sérieusement. Pas question qu'on te laisse toute seule avec tout ça. C'est à ça que sert la famille, Alex.

« Merci, » dit Alex avec un rire mouillé. Son estomac fit un drôle de soubresaut à l'idée d'avoir une famille. Elle n'avait pas du tout pensé à Gregor et au clan England. Mais ils étaient sa famille de sang, pas vrai ?

« Tu ferais mieux d'espérer que ce bébé héritera de la jugeote de Cameron, dit Bette.

— Ceci dit, on ne sait toujours pas ce qu'il a fait pour s'attirer tes foudres, dit Gregor. Est-ce qu'il est aussi ridicule que toi ?

— Deux fois plus. Trois fois, l'informa Alex.

— Tu ferais mieux de nous raconter toute l'histoire. Comme ça, on pourra établir un plan, » dit Bette en se rapprochant pour faire de la place à Gregor sur le lit.

Alex les regarda tous les deux, et l'espoir monta dans sa poitrine pour la première fois depuis ce qui lui semblait être une éternité. Aussi leur raconta-t-elle tout, dans les moindres détails, déversant toute son âme devant Gregor et Bette... sa *famille*.

13

Cameron martelait du bout des doigts le plateau de table en verre poli du café où il avait accepté de retrouver Alex. Il s'était habillé avec soin, et avait choisi un jean foncé, une chemise blanche cintrée, et un coûteux blazer de tweed gris. Extérieurement, il était impeccablement soigné. Intérieurement, c'était le chaos.

Sa nervosité frisa la fébrilité lorsqu'il vit Alex entrer dans le café, et regarder un instant autour d'elle avant de le repérer. Elle portait une robe émeraude et des chaussures noires aux talons vertigineux, et ses cheveux lâchés tombaient librement autour de ses épaules, aussi flamboyants et sauvages que la crinière d'un lion. La seule consolation de Cam fut qu'elle aussi avait manifestement fait un effort, elle était donc peut-être tout aussi nerveuse que lui.

« Salut, Cameron, » dit-elle en approchant.

Cam se leva, ne sachant pas trop s'il devait ou non faire mine de la serrer dans ses bras. Alex tira une chaise et s'y laissa tomber avec grâce, lui épargnant la décision.

« Merci d'être venu, » dit-elle en le scrutant du regard dans les moindres détails.

« Alex, je n'ai pas arrêté de t'appeler. Pourquoi est-ce que je ne serais pas venu ? » demanda-t-il.

Elle lui lança un drôle de regard, et secoua la tête.

« Je n'étais pas sûre que tu viendrais. J'imagine... que j'aurais dû te rappeler. Je suis désolée, dit-elle.

— Tu n'as pas d'excuses à me faire. C'est à moi de m'excuser, » lui dit Cam. Voyant qu'elle ne répondait pas, il se passa la main sur la nuque. « Tu veux un café ou un truc comme ça ? »

Alex fronça le nez, et une drôle d'expression passa sur son visage. Elle disparut en un éclair, et Alex se contenta de secouer la tête.

« Non, merci.

— Tu en es sûre ? Tu adores le café, dit Cam.

— Ouais... Peut-être plus tard. Je veux d'abord te parler, » dit-elle en posant ses mains à plat sur la table.

Il l'observa, admirant sa beauté tout en se disant à quel point elle l'intimidait à cet instant précis. Bien qu'il la dépasse aisément en terme de prouesses physiques, sa diablesse à la chevelure de feu avait un net avantage sur lui : elle comptait vraiment pour lui, et ce qu'elle pensait, ce qu'elle voulait, comptait à ses yeux.

Il allait sans dire que le fait d'en avoir quelque chose à foutre d'une femme en particulier était un tout nouvel élément dans l'univers de Cam.

« Tu es vraiment super belle, là, » dit Cam, dont les mots sortirent avant même qu'il les eût seulement pensés.

Alex rougit joliment, et lui sourit tendrement.

« Arrête de me draguer, l'accusa-t-elle.

— Je ne peux pas m'en empêcher, » dit Cam en haussant les épaules. Elle était de retour, cette camaraderie qu'ils avaient découverte ensemble pendant le peu de temps qu'ils avaient passé au Chalet. Avec Alex, c'était facile, naturel.

Elle faisait ressortir un meilleur aspect de lui, lui donnait l'impression d'être...

« Te voilà, espèce de foutu salopard, » cria-t-on à l'autre bout de la pièce.

Alex et Cam se retournèrent et virent un groupe de grands Berserkers d'aspect intimidant entrer d'un pas tranquille dans le café. La moitié des humains jetèrent un seul coup d'œil aux ours qui approchaient, tous vêtus de costumes noirs, et se dirigèrent vers la sortie.

« Merde. Qu'est-ce que ton père fait ici ? » demanda Cam à Alex.

Elle lui lança un regard stupéfait avant de se retourner pour regarder Alfred England, qui s'approchait de leur table à grandes enjambées. L'Alpha s'avançait d'un pas déterminé, sa puissance émanant de lui comme par vagues, six Berserkers presque aussi terrifiants que lui sur ses talons.

« Alex, c'est quoi, ce bordel ? » demanda Cam en tendant la main pour prendre la sienne, dans l'espoir de la faire réagir.

« J'en sais rien, j'en sais rien ! Je ne l'ai même jamais rencontré, » dit Alex. Elle était toute rouge et, à en juger par l'expression de son visage, au bord de la panique. De toute évidence, ce n'était pas ainsi qu'elle pensait rencontrer son père biologique pour la première fois, se dit Cam.

« Très bien. Très bien. Laisse-moi parler, d'accord ? » dit Cam. Les yeux d'Alex devinrent vitreux, tandis qu'une espèce d'étrange état de choc s'emparait d'elle. « Alex, tu veux bien me faire confiance ? Laisse-moi m'occuper de ça. »

Il serra sa main dans la sienne et elle se tourna enfin vers lui. Elle se mordit la lèvre, et hocha la tête. Juste à temps, alors qu'Alfred England arrivait à leur table.

« Levez-vous, » ordonna l'Alpha d'un ton impatient.

« M. England, » commença Cam, mais l'Alpha le fit taire d'un geste laconique.

« Toi, pour l'instant, ne dis rien, » ordonna England. Il se tourna vers Alex, et la regarda lentement de la tête aux pieds. « Toi. Tu ressembles à ta mère. »

Alex poussa un petit soupir triste, et le cœur de Cam se durcit envers l'homme qui avait engendré puis rejeté la femme qu'il adorait.

« Ne vous adressez pas à elle, mais à moi, » dit Cam en se levant pour venir se dresser entre England et Alex.

« C'est pour ça que je suis là, petit con, » dit-il avec un accent de Chicago si fort qu'il sentait à plein nez le gangster à l'ancienne. De toute évidence, England se prenait pour une espèce d'Al Capone. Il portait un élégant costume à rayure fines, ses cheveux piquetés d'argent étaient plaqués en arrière, et il donnait l'impression d'être à la fois une brute et un fanfaron. Le seul point commun entre England et Alex était leurs yeux ; il n'était pas difficile de voir d'où elle tenait son étincelant regard bleu cobalt. Le fait de voir le plus beau de ses traits sur la tronche patibulaire d'England ne fit qu'enrager Cameron davantage.

« Je crois que vous feriez mieux de surveiller un peu plus votre langage quand vous vous adressez à moi, » dit Cam, dont l'Alpha se dressait. Il comprenait l'autre homme de manière innée, comprenait comme tout un chacun l'attitude d'intimidation des Alpha.

« Dit le petit merdeux qui a engrossé ma fille avant de la larguer comme une vieille chaussette, » fit sèchement England.

Il fallut quelques instants à Cam pour comprendre pleinement ses paroles. Tous les regards suivirent celui de Cam tandis qu'il se tournait vers Alex, bouche bée, incapable de former une pensée cohérente.

« Engro— Quoi ? » articula-t-il, complètement perdu.

« Euh, » marmonna Alex en se levant. « Cam, je comptais te le dire.

— Hé, » dit England en tendant la main pour pousser violemment Cam au niveau de la poitrine. « Comme tu l'as dit tout à l'heure. C'est à moi que tu t'adresses, pas à elle. »

Un millier de pulsions assaillirent le cerveau de Cam, mais, étrangement, il parvint à garder son calme. Il se tourna vers England et sa voix devint glaciale, tandis qu'il laissait son attitude d'Alpha transpirer par tous les pores de sa peau.

« Personne n'a plaqué personne. Non seulement on vous a mal informés, mais vous avez gâché la surprise d'Alex, » dit sèchement Cam en foudroyant England du regard.

Leurs regards se croisèrent et se soutinrent pendant un instant mortel, le vert d'eau affrontant le bleu marine, mais England finit par s'éclaircir la gorge et reculer d'un pas.

« Très bien, » fut tout ce que l'Alpha vieillissant eut à dire pour sa défense.

« De plus, vous n'avez pas à venir voir Alex à moins qu'elle ne vous contacte. Vous n'avez jamais été présent avant, et elle n'a pas besoin de vous maintenant. Seulement sur invitation, c'est compris ? » ajouta Cam. L'ours en lui montait dangereusement près de la surface, pressé de se métamorphoser. Son ours voulait défier England, prendre son statut d'Alpha, le bannir du clan. Déposer toute la ville de Chicago aux pieds d'Alex pour faire plaisir à sa partenaire.

England regarda fixement Cam pendant encore une seconde, puis secoua la tête. Avec un soupir qui aurait pu être un ricanement vexé, England tourna les talons et quitta le café sans ajouter un mot.

Tout à coup, il n'y eut plus que Cam et Alex qui se dévisageaient mutuellement de part et d'autre de la table, un millier de non-dits suspendus entre eux. Cam la regarda, vit la légère pâleur de ses joues, et l'émotion lui serra le cœur. Elle ne semblait pas avoir changé, et ressemblait à tout point à la beauté par laquelle il avait été attiré la première fois qu'il avait posé les yeux sur elle au Trône de Bronze.

« Alex... Est-ce que tu es vraiment... » Cam ne savait pas trop comment prononcer ces mots.

« Oui, » dit-elle en ramenant lentement ses mains sur ses genoux, entremêlant ses doigts. « Je ne sais pas trop comment c'est arrivé. Je pensais qu'on avait fait attention ce soir-là, et je prends la pilule, en plus. Je ne sais pas comment c'est possible... Je... Je sais que ce n'est pas ce dont on avait convenu— »

Cam bondit de son siège en un instant, fit le tour de la table, et prit Alex par les bras pour la mettre debout. Elle eut un mouvement de recul, ce qui le tua un peu, mais lorsqu'il attira son corps contre lui, la manière dont elle se laissa aller apaisa sa peine momentanée. Cam fondit droit sur ses lèvres, et sa bouche s'abattit sur la sienne, prenant possession d'elle par un baiser féroce.

Mon enfant, se dit-il. *Mon enfant est en elle.*

Les mains d'Alex vinrent agripper ses épaules, et ses ongles s'enfoncèrent dans sa peau à travers sa chemise. Elle s'accrocha à lui, gémissant lorsqu'il posa sa main à plat au creux de ses reins, cherchant à la rapprocher de lui, encore et encore. Chaque centimètre de son être semblait contracté, tendu, avide et excité, déterminé à donner du plaisir à Alex comme à lui-même.

Cam rompit le baiser au bout d'une longue minute, et recula légèrement afin de pouvoir contempler longuement Alex. Elle pencha la tête en arrière, et son regard bleu marine brûlant croisa le sien sans la moindre hésitation. À cet instant précis, il n'y avait pas de place pour le doute, l'incertitude ou la peur de l'avenir. Il n'y avait qu'Alex et Cam, et la toute nouvelle vie qu'ils allaient créer ensemble.

« Il faut que je te montre quelque chose, » dit Cam.

Alex ouvrit la bouche pour dire quelque chose, mais Cam secoua la tête. Il la prit par la main, glissant ses doigts entre ceux d'Alex, et la conduisit hors du café, ignorant les regards insistants des badauds. Dans son cœur, il savait déjà depuis le début qu'Alex serait sienne, l'avait déjà incluse dans ses projets de vie.

Désormais, il fallait seulement qu'il le lui prouve.

14

*L*e silence régnait tandis qu'Alex regardait par la vitre, prenant note de chaque quartier qui passait tandis qu'elle essayait de deviner où Cam l'emmenait. Il l'avait installée sur le siège passager de sa voiture, et avait refusé de lui dévoiler leur destination.

« Attends un peu. Fais-moi confiance, » expliqua-t-il seulement. « Il faut que je m'excuse cent fois auprès de toi, mais avant ça, il faut que tu te montres patiente envers moi. »

Alex ferma à demi les paupières et l'examina. Ses cheveux acajou étaient en désordre, et il avait abandonné son blazer pour remonter ses manches jusqu'aux coudes, exposant ses avant-bras musclés et hâlés et un soupçon de ses étranges tatouages follement sexy sur lesquels elle semblait ne pas pouvoir s'empêcher de baver. Il agrippait fermement le volant en conduisant, et laissait son regard vagabonder dans tous les sens, manifestement absorbé par ses propres pensées et émotions.

Il se rendit dans un quartier plus huppé à environ quinze minutes du centre-ville de Chicago, un quartier qu'Alex admirait mais ne connaissait pas bien. En tant que femme célibataire responsable, elle n'avait jamais envisagé de vivre dans un endroit aussi classe ; en fait, depuis qu'elle avait quitté la maison de ses parents, Alex n'avait jamais vécu dans une banlieue huppée, préférant la culture et l'aspect pratique des quartiers plus fréquentés de la ville.

Cam gara la voiture devant une petite maison de deux étages d'aspect pittoresque, peinte d'une charmante couleur pêche. La pelouse était soigneusement entretenue, un décor ponctué de géraniums blancs devant un perron blanc d'aspect accueillant.

« Très bien. On est où, là, au juste ? » demanda Alex, perplexe.

« On a quelque chose d'important à faire, » dit Cam en lui lançant un regard grave.

Cam descendit et fit le tour pour lui ouvrir la portière, puis la prit par la main et l'escorta à travers le jardin. Ils se dirigèrent droit vers la porte d'entrée, où Cam sortit un jeu de clé de sa poche et déverrouilla la porte. Il fit entrer Alex, qui trouva là un superbe espace, lumineux... et complètement vide. Il était manifestement prévu pour être un salon, et elle distinguait une cuisine d'aspect sophistiqué dans la pièce voisine, mais l'endroit tout entier était impeccable et nu.

« Par ici, » dit Cam en l'entraînant en direction d'une volée de marches qui séparait le salon de la cuisine.

Alex le suivit obligeamment tandis qu'il gravissait les marches de bois polies à l'excès, tournait à un angle et s'engageait dans un couloir blanc et vide.

« Cam... tu veux bien me dire ce qu'on fait ici, s'il te plaît ? » demanda-t-elle en tirant sur sa main.

« Par ici, » dit-il en la conduisant jusqu'à une porte à leur droite. Il poussa la porte, fit passer Alex devant lui et la poussa à l'intérieur de la pièce.

Alex poussa une exclamation étranglée. Alors que le reste de la maison était vide, cette chambre était complètement meublée, décorée dans des teintes éclatantes et gaies. Les murs étaient d'un joli bleu canard, avec deux grandes fenêtres ornées de rideaux rose pâle et blancs. Un grand lit à baldaquin se dressait au centre de la pièce, enveloppé de tulle blanc et doux. La tête de lit sombre était assortie à une immense armoire, deux petites tables de chevet, et une commode. Une porte ouverte sur la gauche d'Alex lui permit d'avoir un aperçu de la salle de bain, toute carrelée en jaune pastel.

« Qu'est-ce que— » commença Alex en se tournant vers Cam, mais il fut plus rapide que ses questions.

Il se pencha et lui donna un profond et puissant baiser. Il la souleva par la taille et la fit reculer, et sa langue trouva la sienne tandis qu'il la poussait sur le lit. Alex le laissa l'allonger en travers du lit, et s'étendit de manière à ce que leurs corps se retrouvent côte à côte. Il l'embrassa avec une avidité fervente, une insistance qu'elle n'avait encore jamais vue chez lui. Peut-être avait-elle été présente lors de leur première rencontre enivrée, mais elle ne pouvait pas se pencher sur cette question maintenant.

« Cam ! » protesta-t-elle enfin, tout en reculant pour le foudroyer du regard. « Dis-moi ce qu'on est en train de faire, là. On est dans le lit de qui ?

— Le nôtre, évidemment, » dit Cam d'une voix traînante en haussant un sourcil.

Alex était abasourdie. Sa bouche s'ouvrit, et un son peu flatteur en sortit, mais les mots représentaient un défi un peu plus conséquent.

« Comment ça, *le nôtre* ? » voulut-elle savoir.

« Je l'ai acheté après notre second rendez-vous. Voilà à quel point j'étais sûr que ça marcherait entre toi et moi, » dit Cameron comme si c'était la chose la plus naturelle au monde.

« T'es dingue, » lui dit Alex tandis qu'une folle vague de bonheur inondait sa poitrine.

« On ne peut pas lutter contre l'alchimie. Et de ça, on n'en manque pas, » dit Cam. Il repoussa ses cheveux de son épaule, et se pencha pour enfouir son visage contre son cou. Alex frémit en sentant ses lèvres chaudes effleurer sa jugulaire, et remonter pour titiller le lobe de son oreille.

« C'est dingue, » répéta Alex, mais ses paroles sortirent dans un gloussement haletant. « Tu nous a acheté une maison, sur un coup de tête ?

— Je dirais plutôt par instinct. Et heureusement que je l'ai fait, » murmura-t-il contre sa peau. Il lui mordilla et lui embrassa le cou, échauffant tout son corps en partant du bas-ventre. « Parce que j'ai entendu dire que les enfants avaient besoin d'une maison convenable où grandir. De beaucoup d'espace. »

Sans laisser à Alex le temps de protester davantage, Cam captura ses lèvres en un tendre et profond baiser. Sa main vint se poser en coupe sur son sein à travers sa robe, le soulevant et le pétrissant, faisant éclore le plaisir au plus profond de son corps. Ses mouvements étaient d'une lenteur et d'une langueur dévastatrice, alors que le plus cher désir d'Alex était que Cam la déshabille et la baise, la comble, lui donne la satisfaction dont son corps avait besoin par-dessus tout.

Au lieu de quoi il la faisait languir, effleurant sa clavicule du bout des doigts, traçant les contours de son décolleté. Il passa une main le long de son flanc, prenant le temps de la poser à plat sur son ventre, lui rappelant la vie précieuse qui grandissait dans son corps.

« Cam, » implora-t-elle en se déplaçant de manière à pouvoir déboutonner sa chemise.

Alex écarta sa chemise, et passa ses mains sur ses pecs fermes et ses abdos sculptés, agrippant ses hanches aux muscles sveltes. Elle traça le contour de ses tatouages, en se jurant de les examiner plus en détail plus tard. Là, tout de suite, elle n'en avait pas la patience, malgré son attirance pour les tatouages de Cameron. Lorsqu'elle entreprit de déboutonner son jean, Cam eut un petit rire et repoussa ses mains.

« Doucement. On a tout le temps du monde, » la réprimanda-t-il.

Alex poussa une exclamation impatiente, mais elle n'insista pas. Cam se leva, retira sa chemise et la jeta par terre. Il la fit doucement s'asseoir et passa sa robe par-dessus sa tête pour la jeter à côté de sa chemise. Alex portait une culotte de dentelle noire et un soutien-gorge assorti, une décision hâtive quoique pleine d'espoir de sa part, qu'elle se félicitait désormais d'avoir prise.

« Magnifique, » dit Cam, surtout pour lui-même, tandis que ses yeux contemplaient sa peau dénudée.

Alex résista à l'envie de se couvrir, et le laissa regarder autant qu'il le voulait. En l'observant, en voyant l'avidité sans voile dans son regard, elle eut encore plus envie de lui. Elle se lécha les lèvres, et ce mouvement attira l'attention de Cameron. Il émit un son grave et guttural et se leva pour retirer son jean en hâte, se retrouvant ainsi en boxer noir moulant qui ne laissait absolument aucune place à l'imagination. Alex regarda fixement la bosse imposante qu'il présentait tandis qu'il remontait sur le lit.

Lorsqu'il se mit à cheval sur son corps et se pencha en

avant pour empoigner ses mains et les ramener au-dessus de sa tête, elle frémit d'impatience. Alex fit onduler son bassin contre lui, le pressant de se rapprocher pour un baiser. Son érection appuya contre son ventre tandis qu'il obtempérait, lui donnant un baiser chaste avant d'attraper sa lèvre inférieure entre ses dents et de la mordiller.

Elle haleta faiblement, et fit à nouveau onduler son bassin. Cam plaqua ses mains contre le matelas et les lâcha pour tracer une ligne de son cou à ses épaules, effleurant sa peau du bout des doigts pour baisser les bretelles de son soutien-gorge. Il tira sur son soutien-gorge jusqu'à ce que ses seins soient libérés, ses mamelons se dressant déjà en pointes dures.

« T'as les seins les plus incroyables qui soient, » dit Cam en traçant leurs contours de ses mains brûlantes.

Alex cambra le dos lorsqu'il effleura ses mamelons du bout des doigts, faisant éclore une sensation de chaleur entre ses jambes.

« Ah, » soupira-t-elle.

Alex était incapable de rester immobile, il fallait qu'elle le touche. Elle posa ses mains à plat sur la peau chaude et nue du bas de son dos, savourant la sensation des muscles durs qu'elle y trouva, preuve de sa perfection physique. Cam porta un lourd globe à ses lèvres, et donna de petits coups de langue sur sa pointe sensible. Alex poussa un cri et tressaillit, enfonçant ses ongles dans son dos.

« Cameron, je t'en prie, » dit-elle en se cambrant, avide.

Il eut un demi-sourire et prit son mamelon dans l'intense chaleur de sa bouche, suçant fermement avant de faire lentement glisser ses dents sur la chair sensible. Alex avait désespérément envie qu'il la touche encore plus, mais c'était lui qui menait la danse. Agacée, Alex repoussa ses épaules. Lorsqu'il s'écarta de son corps et s'allongea sur le lit à côté d'elle, Alex prit pleinement conscience du fait qu'il l'avait laissée faire, qu'il avait choisi d'obéir à ses désirs.

Alex s'approcha de lui et l'embrassa, passant le bout de ses doigts le long de son ventre musclé, explorant les muscles sur sa hanche. Elle passa le bout de ses doigts le long de l'extérieur de sa cuisse, puis remonta, longeant son érection d'une caresse aussi légère qu'une plume.

« Tu cherches les ennuis, Alex, » dit Cam, les dents serrées, mais il ne fit aucun geste pour l'arrêter.

Alex sourit et lui lança un regard malicieux avant de se redresser pour s'agenouiller à côté de lui. Elle lui retira son boxer, reconnaissante de son aide lorsqu'il se déplaça pour lui faciliter la tâche. Puis Cam fut complètement nu devant elle, sa queue fièrement dressée vers elle. Elle était longue, épaisse et parfaite, et lui arrivait presque au nombril, si grosse qu'elle ne pouvait pas refermer ses doigts autour. Elle mit cette théorie à l'épreuve en le prenant dans sa main, caressant sa queue de la base au sommet, admirant la goutte de liquide pré-séminal qui perla à son extrémité.

Elle ajusta sa position de manière à pouvoir se pencher et donner de petits coups de langue sur le gland épais, tournoyant en un cercle étroit. Un grondement roula des profondeurs de la poitrine de Cam, mais lorsque Alex leva les yeux, il y avait dans ceux de Cam un éclat qui ressemblait à de l'admiration. Encouragée, elle donna à sa queue une autre caresse brusque et la pencha plus près avant de la glisser doucement dans sa bouche. Elle était trop grosse pour qu'elle envisage de la prendre en entier, aussi la titilla-t-elle et la suça-t-elle autant qu'elle le pouvait confortablement, tout en se servant de sa main pour le stimuler jusqu'à la base.

« Putain, Alex, » dit Cam tandis que ses mains se glissaient dans ses cheveux.

Elle eut moins d'une minute pour satisfaire son envie de lui donner du plaisir avant qu'il ne la repousse de force en secouant la tête.

« Non, non. J'ai attendu trop longtemps pour t'avoir à nouveau. Je ne vais pas jouir dans ta gorge, » articula-t-il.

Alex se lécha les lèvres, et lui adressa un sourire coquin.

« Dans ce cas, je crois que tu ferais mieux de me baiser, » le provoqua-t-elle.

Cam poussa un grognement, s'assit et la poussa sur le dos.

« Je crois qu'il y a d'autres choses dont je dois m'occuper avant, » dit-il en l'immobilisant sous son regard et ses mains.

Il glissa ses mains sous son corps pour dégrafer son soutien-gorge et le jeta plus loin, puis baissa sa culotte le long de ses jambes, la déchirant dans son empressement.

« Je t'en achèterai une autre, » marmonna-t-il en éloignant ses genoux l'un de l'autre, lui écartant les jambes et prenant place entre elles.

Cette fois, Alex ne ressentit aucune hésitation lorsque Cam se pencha et effleura son bas-ventre du bout du nez. De deux longs doigts, il écarta ses lèvres inférieures, et ronronna de plaisir en la trouvant humide et prête. Sa bouche trouva son clito tandis qu'il enfouissait son visage entre ses jambes, ses lèvres et sa langue œuvrant sur sa chair par de fermes caresses.

« Cam ! » cria Alex tandis que la sensation explosait à travers tout son corps. Son entrejambe était en fusion, sa peau rougie, ses muscles intérieurs se contractaient déjà.

Il murmura quelque chose tout en glissant profondément un seul doigt épais dans son passage étroit et glissant. Alex gémit lorsqu'il se retira, et cria à nouveau son nom lorsqu'à la place, il la récompensa de deux doigts. Il replia ses doigts, faisant papillonner leur extrémité contre ce point tout au fond d'elle, agitant son corps d'un impérieux besoin de délivrance.

« Je t'en prie, Cam, je t'en prie, » dit-elle en fermant étroitement les yeux.

Cam scella ses lèvres sur son clito, le suçant et le titillant de sa langue tandis qu'il faisait aller et venir ses doigts en elle, appuyant sur son point G. Il déplaça son corps, sa main libre longeant sa cuisse et descendant vers son entrejambe. Sans laisser à Alex le temps de comprendre ce qui se passait, il pressa le bout d'un doigt contre le bouton serré de son cul, et la pénétra doucement.

La surprise eut raison d'elle et fit voler son corps en éclat, faisant apparaître des pulsations brûlantes de plaisir dans son bas-ventre. Elle jouit en une vague soudaine et violente, en gémissant et en s'accrochant aux épaules de Cam, éraflant sa chair de ses ongles. Pendant un long moment, elle perdit toute conscience d'elle-même, dévorée par le plaisir, engloutie toute entière par ses sensations.

Lorsqu'elle refit surface, Cam avait relevé la tête pour la regarder, et léchait son essence sur ses lèvres. Il haussa un sourcil, ce qui la fit rougir ; elle n'arrivait pas à se contrôler en sa présence, encore moins lorsqu'il faisait des choses aussi cochonnes avec ses doigts et sa bouche. Elle eut un demi-sourire, refusant qu'on la fît languir.

« Tu comptes me baiser, oui ou non ? » demanda-t-elle en feignant la désinvolture.

Les yeux de Cam s'illuminèrent d'un éclat dangereux, et l'instant d'après, voilà que Cam la retournait sur le ventre avec des gestes agréablement brusques. Cam attrapa deux oreillers contre le montant du lit et les glissa sous le ventre d'Alex, inclinant son bassin vers le haut et plaquant sa poitrine contre le matelas.

Cam vint se placer entre ses jambes et empoigna fermement ses hanches, pétrissant ses fesses nues. Il écarta ses genoux d'un petit coup sec, exposant et écartant son sexe. Il enfonça deux doigts en elle sans prévenir, la faisant gémir et se contracter. Il fit de nouveau aller et venir ses doigts sur son point G, préparant son corps.

« Dis-moi ce que tu veux, Alex, » l'encouragea-t-il d'un ton avide. « Dis : "Baise-moi, Cam. Je veux ta queue." Je t'avais dit que j'allais te faire parler cette fois.

— Je veux que tu me baises, Cam, » dit-elle, et sa voix se brisa lorsqu'il retira ses doigts et titilla son clito à la place.

« Je veux que tu dises s'il te plaît, ordonna-t-il.

— S'il te plaît, Cam. Je veux—je veux ta queue, » dit-elle, et son visage s'empourpra.

« Gentille fille, » dit-il.

Une note d'impatience était suspendue dans l'air, et le moment s'étira entre eux, faisant gémir Alex d'un ton plaintif. Cam faillit l'anéantir lorsqu'il attrapa sa queue et effleura de son gland épais son entrée glissante, le faisant aller et venir de haut en bas pour se lubrifier. Alex fit mine de se presser contre lui en retour, mais Cam la prit par surprise en s'enfonçant en elle d'un seul coup de reins profond et implacable.

« Ah ! » s'écria-t-elle, prise au dépourvu tandis que son corps s'étirait pour le prendre tout entier.

« Putain de merde, » marmonna Cam en l'empoignant étroitement par les hanches.

Alex fut la première à reprendre ses esprits, balançant son bassin d'avant en arrière tandis qu'elle s'habituait à la sensation d'être remplie. Cam ralentit ses mouvements, la soutenant et penchant son corps tandis qu'il se mettait à bouger. Lentement au début, en veillant à donner des coups de reins peu profonds.

« Bon sang, ce que t'es étroite, Alex. Ton corps est si

parfait, comme s'il était fait pour moi, » lui dit Cam. Alex s'aperçut qu'il ne lui parlait qu'à moitié, tandis qu'il se concentrait sur l'union de leurs corps. Il semblait se restreindre plus jamais, maintenant ses coups de reins étaient légers et mesurés. Alex ne voulait pas de ça, elle le voulait brutal, déchaîné et sauvage.

« Nom de Dieu, Cameron. Ne me baise pas à moitié » exigea-t-elle.

Cam s'immobilisa un instant, puis gloussa. Il se retira puis la pénétra brutalement, ses hanches frappant son cul tandis qu'il enfonçait sa queue en elle, jusqu'à la base, d'un seul mouvement fluide.

« Comme ça ? gronda-t-il.

— Oui! » s'écria Alex.

Cam se retira puis donna un nouveau coup de reins, puis encore un autre. Il la tenait par les hanches, modifiant leur angle petit à petit. Tout d'abord, elle eut du mal à comprendre ce qu'il faisait, mais c'est alors qu'il la pencha pile comme il fallait. Lorsqu'il s'enfonça à nouveau en elle, une sensation de chaleur explosa dans son corps, lui arrachant un cri. Au second coup de reins, sa vision devint toute blanche l'espace d'un instant.

Alex émit un ordre étranglé, et Cameron se mit à la baiser sérieusement.

« Je crois que je l'ai trouvé, » crut-elle l'entendre dire.

Elle n'en était pas sûre, elle n'était plus sûre de rien. Il n'y avait que Cam, que la manière dont il pilonnait son intimité, l'étirant et la remplissant à chaque coup puissant. Elle avait conscience de la tension qui croissait en elle. Cam la sentait, lui aussi ; elle le devinait à sa manière de bouger de plus en plus vite, de plus en plus fort. La manière dont ses doigts s'enfonçaient dans ses hanches, le bruit intense de son souffle qui s'accélérait et devenait plus bruyant.

Cam se laissa aller contre son dos, passant une main autour d'elle et caressant son clito de ses doigts à un rythme enfiévré. Il devait être aussi près qu'elle, comprit Alex. Elle ferma les yeux et se concentra sur la chaleur et le plaisir croissants en elle, sur les ondes de frisson que les doigts et la queue de Cam provoquaient.

La sensation monta pendant un long moment, peut-être une éternité, et voilà qu'Alex se retrouvait désormais au-dessus d'un précipice, en train de regarder en bas.

« Oh, Cam, je vais— » tenta-t-elle, mais l'orgasme s'empara d'elle avant.

Les flammes qu'il avait attisées explosèrent en elle, un feu délicieux, intense et torride qui la fit basculer en hurlant. Le corps d'Alex se mit à palpiter et à ondoyer, son passage se resserra autour de la queue de Cam, et son nom se déversa sans retenue de ses lèvres.

L'instant d'après, elle sentit Cam tressaillir brusquement à l'intérieur de son corps, et sentit la chaleur bienvenue de sa semence qui la remplissait. Il jouit en pulsations violentes, poussant des jurons entre ses dents serrées tandis qu'il atteignait la délivrance.

Alex laissa son corps tout entier s'affaisser sur le lit, n'ayant ni la capacité ni l'envie de soutenir son propre poids une seconde de plus. Cam se retira et s'effondra sur elle, avant de rouler sur le côté en marmonnant. Il souleva ses cheveux et les écarta de son cou, puis passa un bras puissamment musclé autour de sa taille et l'attira contre lui, peau contre peau, de la tête aux pieds. Elle baissa les yeux sur les tatouages caractéristiques de Cam, en se disant qu'ils lui étaient déjà familiers, bien que sa relation avec Cameron fût encore toute récente.

« Ça, c'était vraiment... quelque chose, » soupira Alex,

avec l'impression d'être tout à fait protégée, aimée, et en sécurité.

« Attends un peu que je me mette à m'excuser pour de bon, » dit Cam. Elle entendait le sourire dans sa voix. « J'ai failli tout gâcher entre nous, simplement en étant suffisamment bête pour suivre les conseils de Wyatt.

— T'as été nul, reconnut Alex.

— Je ne te laisserai pas sortir de ce lit avant de m'être complètement racheté auprès de toi, » promit Cam.

Alex ne doutait pas une seule seconde du fait qu'il honorerait sa promesse. En fait, réalisa-t-elle, faire confiance à Cam lui semblait naturel. Inné, même.

Lorsqu'il plaqua son visage contre sa nuque, son souffle frais contre sa chair empourprée, Alex éprouva une sensation des plus étranges.

Tout à coup, pour la première fois depuis de nombreuses années, Alexandra Hansard eut l'impression d'être vraiment, véritablement *chez elle*.

15

« Je dois reconnaître que ce n'est pas très rassurant, » dit Gregor en rejoignant Alex et Cam à une table d'un restaurant vietnamien choisi par Alex. Gregor était vêtu simplement ce jour-là, remarqua Alex, d'une chemise à boutons et d'un jean, et il avait tout à fait l'allure d'un séduisant héritier d'Alpha.

Alex et Cam avaient pratiquement passé toute une semaine au lit dans leur nouvelle maison, faisant à peine surface pour se doucher et commander des plats chinois, mais ils avaient fini par convenir du fait qu'ils devaient commencer à mettre en place certaines parties de leur nouvelle vie ensemble. Alex regarda en direction de Cam, balayant du regard le corps de son partenaire, et se mordit la lèvre lorsqu'une image d'eux ensemble au lit lui revint à l'esprit.

Cam s'éclaircit la gorge et haussa un sourcil, tout en hochant la tête en direction du frère d'Alex.

Bien. On est ici pour une bonne raison, se rappela Alex. Elle réprima son envie de rire de son cerveau drogué au sexe, puis passa aux choses sérieuses.

« Tu veux boire quelque chose ? » demanda Alex, tout en s'efforçant de trouver le bon moyen d'annoncer la grande nouvelle à son frère. Elle avait établi plusieurs théories ces deux derniers jours, mais aucune ne semblait vraiment convenir à présent qu'ils étaient face à face.

« Est-ce que j'ai besoin de boire pour l'entendre, cette nouvelle ? » demanda Gregor en se tournant pour jeter un coup d'œil à Cam.

« Allez, dis-lui, Alex, » soupira Cam en secouant la tête tout en changeant de position pour s'étirer dans son fauteuil tel un félin satisfait.

« Eh bien... tu sais, mon projet, la campagne que je prépare en rapport avec le Conseil des Alpha ? » dit-elle, tournant un peu autour du pot.

« Bien sûr, » dit Gregor, pragmatique.

« Ça va devoir attendre un petit peu, » dit-elle en traçant le contour du papier blanc sur le plateau de la table du bout d'un doigt.

« Enfin, bon... tu sais bien pourquoi !

— Espèce de fils de pute. T'as plutôt bien résolu ton problème d'Alpha, pas vrai ? » dit Gregor. Il ne semblait pas le moins du monde en colère, simplement amusé.

« Qu'est-ce que tu veux dire ? demanda Cameron.

— Bon sang, vous n'êtes même pas au courant, tous les deux, pas vrai ? soupira Gregor. « Mon père a fait deux déclarations il y a quelques jours. Dans la première, il a officiellement reconnu Alex comme l'un de ses enfants. »

Gregor lança à Alex un regard grave tandis que Cam penchait la tête de côté, intéressé.

« Et dans la seconde ? » demanda Alex.

« Le premier de ses enfants à lui donner un petit-enfant deviendra son héritier. Dans ton cas, Alex, ça ferait de Cameron le prochain Alpha du clan England.

— Quoi ? » dirent en même temps Alex et Cam, suffisamment fort pour s'attirer les regards des autres clients du restaurant.

Gregor se contenta de hausser les épaules et se laissa aller contre le dossier de son siège, un demi-sourire aux lèvres.

« Je croyais que c'était toi, l'héritier des England, » dit Cam, le regard braqué sur Gregor.

« Eh bien... Il se peut que j'aie récemment révélé certaines de mes... tendances... à mon père. J'ai compris que si je rendais mes préférences sexuelles publiques, je me heurterais à une énorme controverse de la part de notre clan. Si je ne le faisais pas, j'allais me retrouver coincé avec une femme pour partenaire, ce qui obligerait deux personnes à vivre dans le mensonge. Ça ne vaut pas le coup. Je veux être libre de vivre ma vie, expliqua Gregor. Quand je suis sorti de la course, mon père a dû prendre quelques décisions radicales.

— Gregor, je suis vraiment désolée, » dit Alex, vidée de sa bonne humeur.

« Non, non. Ça ne me rend vraiment pas triste. Ça vaut mieux comme ça. À présent, je pourrai me trouver quelqu'un qui me convienne, au lieu de m'accoupler à une vieille rombière à qui il ne manquerait qu'une barbe, » dit Gregor en agitant nonchalamment les doigts. « Et en plus, je pourrai me mettre à porter des couleurs pastel. »

Cam éclata de rire, et Alex se tourna vers lui, les yeux ronds.

« Est-ce que tu l'envisagerais ? » demanda-t-elle à son partenaire.

« Peut-être, » dit-il en lui adressant un haussement d'épaules. « Il faudrait qu'on en discute, qu'on décide de ce qui est le mieux pour nous.

— Vous êtes déjà un vieux couple ennuyeux, » gémit Gregor. Il se retourna à la recherche du serveur, et lança: « On pourrait avoir un peu de champagne par ici, au moins ? Ils sont en train de me plomber le moral, ces deux-là.

— Eh bien, voilà qui est inattendu, » dit Alex en buvant une gorgée de son thé glacé thaï.

« Tu peux parler, répliqua Gregor. En parlant d'attendre, quand va arriver mon neveu ou ma nièce ?

— On a du temps devant nous, » assura Alex à son frère. « Bette et toi, vous avez des mois et des mois pour me préparer une fête de naissance. »

Tout le monde éclata de rire, et Alex se laissa aller à se détendre. Sous la table, Cam tendit la main vers la sienne et la serra fermement. Elle lui lança un regard heureux, en comprenant que tout dans sa vie était en train de se mettre en place.

« Attends un peu qu'on l'annonce à mes parents, lui dit Cam. Putain, ma mère va être folle de joie. Si tu comblais déjà tous ses rêves avant, là, tu vas la tuer et l'envoyer droit au paradis des Berserkers.

— Demain, peut-être. J'ai eu bien assez d'émotions fortes pour la journée, soupira Alex. Pour l'instant, ça, c'est suffisant. »

Et ça l'était vraiment, véritablement.

BULLETIN FRANÇAISE

REJOIGNEZ MA LISTE DE CONTACTS POUR ÊTRE DANS LES PREMIERS A CONNAÎTRE LES NOUVELLES SORTIES, OBTENIR DES TARIFS PREFERENTIELS ET DES EXTRAITS

https://kaylagabriel.com/bulletin-francais/

DU MÊME AUTEUR

Les Guardiens Alpha

Ne vois aucun mal

N'entends aucun mal

Ne dis aucun mal

L'Ours éveillé

L'Ours ravagé

L'Ours règne

Les Guardiens Alpha Coffret

***

Ours de Red Lodge

Le Commandement de Josiah

L'Obsession de Luke

La Révélation de Noah

Le Salut de Gavin

ALSO BY KAYLA GABRIEL

Alpha Guardians

See No Evil

Hear No Evil

Speak No Evil

Bear Risen

Bear Razed

Bear Reign

Red Lodge Bears

Luke's Obsession

Noah's Revelation

Gavin's Salvation

Cameron's Redemption

Josiah's Command

Werewolf's Harem

Claimed by the Alpha - 1

Taken by the Pack - 2

Possessed by the Wolf - 3

Saved by the Alpha - 4

Forever with the Wolf - 5

Fated for the Wolf - 6

ÀPROPOS DE L'AUTEUR

Kayla Gabriel vit dans la nature sauvage du Minnesota où elle jure apercevoir des métamorphes dans les bois qui bordent son jardin. Ce qu'elle aime le plus dans la vie, ce sont les mini marshmallows, le café et les gens qui se servent de leurs clignotants.

Contactez Kayla par
e-mail: kaylagabrielauthor@gmail.com et assurez-vous de vous procurer son livre GRATUIT :
https://kaylagabriel.com/bulletin-francais/
http://kaylagabriel.com

www.ingramcontent.com/pod-product-compliance
Lightning Source LLC
LaVergne TN
LVHW011839060526
838200LV00054B/4102